从周 著

大禹

之

人世降临

北京联合出版公司

图书在版编目（CIP）数据

大禹之人世降临 / 从周著 . — 北京 ：北京联合出版公司，2020.10
ISBN 978-7-5596-4528-9

Ⅰ . ①大… Ⅱ . ①从… Ⅲ . ①中篇小说－中国－当代 Ⅳ . ① I247.5

中国版本图书馆 CIP 数据核字（2020）第 161659 号

大禹之人世降临

作　者：从　周
出品人：赵红仕
责任编辑：李艳芬
特约编辑：田　源
装帧设计：舆書工作室
内文排版：高巧玲

北京联合出版公司出版
（北京市西城区德外大街83号楼9层　100088）
北京联合天畅文化传播公司发行
北京美图印务有限公司印刷　新华书店经销
字数63千字　787毫米×1092毫米　1/32　5.25印张
2020年10月第1版　2020年10月第1次印刷
ISBN 978-7-5596-4528-9
定价：42.00元

版权所有，侵权必究
未经许可，不得以任何方式复制或抄袭本书部分或全部内容
本书若有质量问题，请与本公司图书销售中心联系调换。电话：（010）64258472-800

大禹

女娇

防风氏

祝融

应龙

梼杌

目录

第一章	洪流之兆	…………	1
第二章	应龙现世	…………	15
第三章	有崇文命	…………	43
第四章	兵临城下	…………	59
第五章	凶兽梼杌	…………	73
第六章	凡人不屈	…………	91
第七章	大禹受命	…………	113
第八章	防风断首	…………	127
第九章	神世终结	…………	141

第一章

洪流之兆

明月高起，淮水被映得如一条白带。

淮水在这里向南拐了个弯，环绕出一片河谷。从高处看，涂山犹如一个巨兽的骨骼，向南方探出头颅。

依水而上，涂山南麓围出一座大城。依着山势，大城层叠而上，用巨木为架，方岩为基，用黏土和芦苇夯筑成外墙，再涂上厚厚的白垩。城中有七座塔楼，上应七星。东边的城墙上有十二座小塔尖，对应十二月令。

即便在昏暗的月光下，这座白色的大城也能被旷野中的行人一眼望到。夏日艳阳之下，这座城堡常常让远路而来的人震惊莫名，以为在南方见到了雪山。

城堡的高处挑着一杆大旗，旗面上画着一只九尾白狐。

九尾白狐是涂山氏的图腾。

涂山氏是最擅长营造的氏族。他们矗立在这南北门户上，面对着尚未开垦的南方，抵抗野人、猛兽，以及这个时代还在活跃的妖魔和怪兽。他们修筑的城墙和堡垒越发坚固和宏大。

那翻飞的大旗下，有个少女坐在垛口上荡着脚，就着月光，一手拿着一张羊皮，默背着上面密密麻麻的植物名字，一手随意玩着龟甲。龟甲在她灵巧的指间飞转。

她叫女娇，是涂山族长的女儿，很快就要满十五岁了。

这是母亲大巫安排给她的作业。巫女不仅有巫卜之责，还要懂得草药，为族人祛除疾病。虽然女娇还没有成为巫女，但作为族长和大巫的女儿，这只是时间问题。从八岁开始，母亲就教她辨识星象和阅读文字，十岁就开始学习用龟甲和蓍草占卜的方法，十二岁开始学习医术……

她低头看着那月光下蜿蜒的白带，鼻子里闻到了升上来的水汽。她的思绪活泛起来，一直飘到了淮水对岸，甚至更远的地方。

女娇发着呆，忽然塔下响起几声鸭子叫。少女脸色一喜，从垛口一跃而出，几个起落就站在阴影里作声的人面前。

眼前的少年比女娇矮半个头，浓浓的剑眉，目如点漆，却有意歪着嘴，皱着鼻子，一脸桀骜不驯的小模样。他退后半步，让自己的目光近乎平视，嬉皮笑脸道："女娇姐姐，又被族长和大巫罚了？"

女娇翻了个白眼："说吧，又有什么好东西了？"

"跟我来就是。"

二人穿过几条弯曲的巷子，溜出城门。少年甩着手走在前面，脑袋晃晃荡荡，像个下了树的猴子。女娇忍不住问道："倕，你阿父又不管你啦？"

倕摇摇摆摆，头也不回："我阿父最近忙着呢。他说要造一个大炉子，看能不能把石头烧化，从里面炼出金。这事儿够他昏天黑地忙好一阵的，也不知道能不能成。不过炉子烧出来的土疙瘩倒是结实得很，阿母说可以拿来当石头盖房……"

他自顾自地说着，女娇有时候应他，有时候不应。两个人走了一里多的路，到了城墙外一个隐秘的柴棚。

倕点起灯，女娇看见地上堆着各种竹、木和藤条，一些细碎的木条被榫卯或藤条构成奇怪的框架挂在墙壁，却看不出是什么用途。边上还有一个熏黑的小炉子，瓦罐里不知道煮过什么，发出一股鱼的腥气味。

"俀，你阿父要知道你又在捣鼓这些东西，怕是要把你手砍了去。"女娇笑道。半年前俀用竹竿撑起一大块牛皮，绑在木车上，想御风而行，结果在众人欢快的笑声中，连人带车一起撞在了树上。人没事，车摔得稀碎。据说车上有他父亲司工师凿新改造的轮子，与车身分离之后，一路蹦蹦跳跳滚到淮水里，顺水漂走了。司工气得把儿子吊起来暴打了一顿，半个涂山城都能听到他的哭叫声。这场事故的缘起，其实是女娇在俀面前夸耀自己的麋鹿坐骑。

"叫我师俀。"少年纠正道。

"你还不是师呢，等你长大点儿再说吧。"女娇不予理会。

俀也不多争辩，掀开墙角盖着的麻布，从里面掯出一根弯曲的黑棍子，走了出来。

回到柴棚外的月光之中，女娇这才注意到这根棍子并不简单。它两头有加厚的梢，向内曲成对称的弯钩。往中间的则扁而略宽，到正中又变得圆厚。倕精心给它刷了大漆，黑得发亮。

她饶有兴趣地看着倕用一根丝绳绑在木梢，然后将曲木反掰过来。在倕将另一头绑好之前，女娇已经跳了起来。

"这是你新做的弓？"

倕把上好弦的弓递过来。女娇觉得比涂山常用的竹木弓要短小一些，也轻便不少。

"柘木为胎，内合牛角，外裹牛筋，比竹木弓强出十倍。"说罢他语气一顿，挑眉道，"送你。"

女娇搭箭扣弦，瞄准了五十步外的一棵老树。但这把造型怪异的弓一拉开，女娇眉梢就是一挑。寻常的竹木弓越是拉开，越要用力，而这把弓开时颇为费力，拉开之后却异常平顺，且拉距甚长。女娇端身如干，直臂如枝，满引如圆月，仿佛跟弓融为一体。

此时树顶洒下细碎的月光，照得女娇一身明暗斑斓。

她眯起眼睛，胸口起伏轻缓悠长。修长的颈项和臂膀在流光中凝然不动，如果不是衣袂在随风飘拂，整个人就浑如林间一尊大理石像。倕也不知不觉地屏住了呼吸。

惊弦声响得清实，那一箭果然轻捷有力，应弦而至，深深地钉入五十步外的树干。女娇忍不住赞了一声，又拿起另一支箭。这次她对准了树上的小枝，一箭穿林而去，小枝应声而落。

从两处地方同时爆出了喝彩。一声自然来自倕，另一声则来自两人身后。声音未落，女娇已将身一扭动，搭箭开弓，对准了来者的眉心。

来者身量高大，披发虬髯，年纪三十来岁。他面孔黑亮，相貌本来也算端正，但从左额到脸颊有一道惊人的疤痕，皮肉翻起的程度可知当年受创不浅。浑身的肌肉把麻衣绷得紧紧的，腰上束着一截狼皮。肩上荷矛，腰上挂一柄短戈，木柄已经磨得油亮。

"是……丁庞啊。"倕的身子缩了一下。

女娇却不怕，抿嘴道："你要是跟我父母告状，我就用这弓射你的门牙，叫你吃不了饭。"

大汉摆摆手："我是负责守城的司寇，又不是族长的管家。你们早点儿回城，不要往城外乱跑。近来周围多了一些来历不明的人，南边的村寨都来了飞报，说发现共工族斥候的踪迹，各处都要小心。大变乱恐怕要来了。"他特别看了一眼女娇，"不知道大巫可有什么感应？"

这一天半夜，涂山的大巫突然从梦中惊醒。

她梦见南方的乌云滚滚而来，遮蔽了天空。巨浪填平峡谷，漫过山巅，将千年的巨木连根拔起，整个村落毁于一旦。凶猛的野兽在荒野追逐逃亡的人群。一个浑浊的身影从烟尘中走出来，像是从地底苏醒的沉睡巨神。他的样貌模糊不清，只是像一座孤耸的山峰，携裹着闪电和浊流，缓慢而不可阻挡地抵进，碾碎并吞噬了一切。

她的身体抽搐了一下。

睡在旁边的女儿立即坐了起来。她用细长的眼睛盯着昏暗中母亲的面孔，用眼神询问着。她总是警醒得像一只小狐狸，心思甚至比当年的大巫还要灵敏一些。

大巫强压住心中的惊惶,伸手抚了抚女儿脸上的乱发,随即起身披衣。她的身影瘦高,在昏暗中显得恍惚不定。

"女娇,你随我来。"

室中灯盏被拨亮。女娇闻到茶树油散发出的一阵清明的香气。大巫从墙上取下一块龟甲。很快,在火的炙烤下,从指尖传来碎裂的震动。

而女娇也看到,随着裂纹逐渐清晰,即便是在温暖的火光下,母亲的脸上也浮现出了晦暗的神色。

大巫拿起磨尖的燧石,在龟甲上刻下了这次占卜的记录:

"庚辰卜,巫贞,癸未神魔交伐,五色石见涂山。谷没水,民丧于野。"

"卜辞说的是战争和洪水?"

当这段卜辞送到涂山氏族长面前时,他的脸色也暗沉如水。他魁梧的身躯在墙上投下山一样的影子,随着灯火微微摇晃着。

"大洪水。"大巫仿佛在喃喃自语,"大洪水又要来了。"

她在说出那个词的一瞬间,就仿佛跌入了无穷的噩梦,而女娇也从她的瞳孔里,连接了那个古老的恐怖梦境。

那是女娇自小就听母亲讲过的——

不知多少个世代以前,魔王共工和天地共主颛顼争位,不敌,头撞天柱不周山而死。但天柱由此崩塌,星辰随着天水泄下,火山烽起,岩浆四溢,黑烟携裹着闪电,滚滚直上九霄……谁都没有见过那么浩大的洪水,河流和湖泊填满了谷底,又漫过丘陵,连飞鸟都被浪头卷走。

后来,古皇女娲炼五色神石补天,大雨止歇。又烧芦苇成灰,填平大壑。

但大灾之后活下来的人,十不存一。

那场大灾变之后,共工的残族逃到南方,收拢怪兽妖魔为爪牙,准备趁时再起。我族被颛顼帝迁移到涂山,得九尾灵狐授以筑造之法,世代生息,开辟江淮,就是为看守这天下之门,守护女娲补天剩余的一枚五色石……

就在二十多年前,共工族真的来犯,鼓动着洪水来袭。

年迈的尧天子派来一个叫鲧的半神,调遣百姓去治水。人们说鲧有神力,用神土息壤(即是娲皇填补大地剩余的芦灰)筑起会自动生长的堤坝,从前淹没的地方,都露出了肥沃的土地。人们欢天喜地去开垦,结果青苗刚刚长出来,堤坝就垮了。涂山城有五色石保佑,依靠山势及坚固的堡垒,在大水中岿然不动,但滔天的白浪把下游千里的村庄一扫而空。

尧天子震怒,遣祝融赴羽山诛杀鲧的全族。

后来又听人说,鲧变成了怪兽,到处吃人……

女娇不明白,流着一半神的血,怎么会变成吃人的怪兽呢?但母亲也说不明白,只说大概是天的惩罚。但是天的惩罚,为什么被吃掉的是无辜的人呢?

女娇这么胡乱想着,感到自己的手掌被母亲柔软的手握住了。

远在中原的虞都,舜天子正在叹气。

"天意不可测啊。"

上古之时,黄帝为天地人神的共主,后传至颛顼帝,逢天柱折,断了天地间的通路。之后天地两分,神人殊途。如今,地上有人君虽尊为天子,但天威神意却变得越来越高远,越来越神秘。

做人君的难处,尧天子禅让时可没有说清楚。天和人的沟通,就只能依靠占卜和祝祷,即便是天子看到了神秘的征兆,但启示还是太过隐晦了。

舜召来了大将军祝融。

祝融的身材异乎寻常的高大,铁额虬髯,身上披着犀牛皮的铠甲,腰间挂着巨大的铜钺。一进门,他魁伟的身影立刻让宫室里的气氛黯淡下来。

祝融的名字跟世代祖先的名字一样,他们自己也搞不清,祝融到底是一种官职,还是一种荣誉,或者是名姓。总之,他们世代承袭着这个名号,执掌帝所直辖的军队。这些战士都是神血之民的后裔,力量强大,无坚不摧。

舜疲惫地说道:"共工将至。"

第二章

应龙现世

涂山城的深处，一行火炬在黑暗中穿行，映照着三个白衣的身影。火光摇曳明灭，显得这条隧道尤其漫长。

女娇第一次知道，五色石就藏在涂山城的密室里。

如果这块石头真有这么重要，为什么不是神来亲自守护它，而要寄托给孱弱的人呢？他们只会种植五谷，蓄养牛羊，他们谦卑、懦弱、短视，既没有神力，也没有妖的爪牙。如果抑制天地翻覆的秘密真在涂山，那涂山将如何自存呢？

从大巫告诉她这个事实的一刻开始，这些念头就在她的脑海中盘旋不去，找不到答案。

族长和大巫都没有说话，回荡在这里的，只有足音、三人的呼吸声，还有火把燃烧的哔剥声响。

他们在一扇门前停了下来。族长解开了门上的锁链。

母亲的手掌轻轻落在她的肩头，女娇感到那只手温柔的热量。

"你记住，见过五色石，你就正式成了涂山的巫女。守护五色石的重任，从今夜之后，便也是你的命。"

当女娇随父母走出密室时，东方的天色已经明亮起来。

涂山的族人已经在外面守候多时。

在众人面前，大巫在女娇的额头系上一条缀着红色玛瑙的眉勒，又将一只栀子染黄的布袋交到她的手上。布袋上绘着一只白色的狐狸，九条尾巴像逆流的瀑布。

"这袋子里，有占卜用的龟甲、蓍草，有书写卜辞和纪事的燧石。"大巫说道，"从此人们见了你，就知道你是涂山的巫女了。"

在众人的注视下，女娇点了点头："是。"

"还记得我教给你的巫女之事吗？"

"不敢有一刻或忘。"女娇一字一顿地说，"唯卜、唯祝、唯医、唯史。"

大巫颔首："你要在人们迷茫无知的时候指引他们，在人们辗转无告的时候为他们祈祷，在人们痛苦难耐的时候解救他们，你还要记下我们遭遇的征伐、灾难，我们的开垦、营造和迁徙，还有神传递给我们的旨意，传给后世。你能做到吗？"

女娇将擎着九尾图腾的双手高高举起："女娇受命。"

族中的长老依次上前，将礼物呈放在女娇面前。精纯的雌黄、朱砂，干燥的香草。司工师凿带来的是二十支新造的燧石箭。女娇看到人群中的倕向她挤了挤眼睛。丁庞呈上了一柄牙白色的匕首，那是用一头老鹿的鹿角磨成，长不足一尺，坚硬如石，打磨得比猛兽的牙齿还要尖利。

仪式既成，意味着族中的重要人物都承认了新的巫女。

最终，大巫缓步上前，把手掌覆在女娇所擎的九尾狐画像上，祷祝道："上天庇佑。"

"上天庇佑。"女娇俯首喃喃。

"上天庇佑。"众人齐声道。

悠悠的歌声，从大巫的胸膛中飘扬而起，回绕着晨光中的涂山。之后，它从越来越多的人口喉咙里出来，震颤着汇合在一起，变成一片混沌而低沉的吟唱，像是流水与风穿过峡谷的声响：

> 绥绥白狐，九尾庞庞。
> 兼山涉水，来我淮滨。
> 绥绥白狐，九尾赫赫。
> 载歌于涂，乃稼乃穑。
> 绥绥白狐，九尾扬扬。
> 家室于斯，我都攸昌。

东方薛邑的马车是在第五天到达涂山的。他们奉首领皋陶之命从东海边赶来，不眠不休，给涂山族长和大巫带来了薛邑的卜辞，卜辞里描述了一样的大洪水。

与卜辞一同前来的使者是一个年方二十的年轻人，有着薛邑人特有的狭长面孔，颔下微须。他戴着一顶高高的皮帽子，大袖宽袍，举止飞扬。

倕一眼就盯上了那辆只听闻过的黑漆的马车，围着它看了一上午。

"你是什么人？"年轻人问。

倕咧嘴笑了一下："你可以叫我师倕。"

他面色一凛，随即打了个大躬："久闻涂山营造之术，想不到涂山的司工这么年轻。"

倕想不到薛邑人一本正经当了真，自己倒红了脸："非也非也。司工是我阿父……"

使者倒也不恼，问道："既是司工的儿子，应该也有常人所不能。我看你围着马车看了半天了，可看出什么？"

"平衡。"倕头也不抬，"两个轮子上安置方厢，不可偏倚，如此车厢乘人载重，力贯于车轮，马不承其重，所费体力远较驮载为轻，故可驱驰致远。"

"不愧是司工的儿子。"薛邑人眉毛一挑，制造马车是自己耗费精力最多的地方，竟然被一个十几岁的孩子一语道破，大起知音之意。

"我阿父说，大道至简，观此车可知。不过这个车轮或许还可改进改进，以利轻便。"倕指着圆木切成的车轮，继续说道："似这般以大圆木作轮，大木已然是难得，况且木纹横生，木薄则易断，木厚则沉重不堪驱使，不如以木材弯曲成轮，有坚固轻捷之便。"

薛邑人又惊又喜，再次对倕一躬到底："请倕兄受奚仲一拜。这曲木成轮之法，我们薛邑可以用造车之法来交换。"

"这个……阿父前段时日倒是做过几个，被我改成风车……掉进淮水里去了。"倕大为挠头，"说起来，你们为什么用马拉车呢？"

"马比牛快啊。"

"我是说，为什么不能用鹿什么的……我们族长的女儿就骑着鹿，跑得飞快。"

"鹿不行。"奚仲摇头，"鹿性情太躁，容易受惊，不能听从驭手的指挥，又不能重负致远。不过女孩子骑一骑，想来倒也无妨。"

奚仲带来卜辞之后几天，商族的使者也来了，正是商族头领的儿子。他还带来了一箱玉石，来换南方的象牙、玳瑁和犀牛角。

他带来了同样的信息：共工已经在南方苏醒，他们感受到邪恶的气息正在滋生。与此同时，他还带来了更多的坏消息——在赶来涂山的路上，他发现了从未见过的野兽的痕迹，身形可能比商人驯化的象还要大。他还听说，出现了能驯龙的神秘人。自从颛顼帝之后，天人渐分，神归上界，龙就很少现身人间了。

所谓国之将亡，必有妖孽。来历不明的东西越多，对涂山就越不是好消息。

城里的青壮都被丁庞动员起来，修戈矛弓矢以自守。

多少年来，他们只知道共工蛰伏在南方的大泽里，那是瘴疠弥漫、生人不能涉足之地，也是共工的族人和妖兽的藏身之所。

就是这些可怖的生灵，在更古老的时代能与天神争锋，斧钺交加不能伤，弓矢攒射不能入，能血战数日而不眠不休、不死不退，最后竟能摧折不周之山。这些传说，光是听闻就让人肝胆俱裂。

现在，他们真的要来了，涂山只是第一站。

最后，帝舜的使者打着华盖，从虞都赶来，带来了舜天子的战略。

"帝舜受命于天，拱卫虞都，令祝融与共工会战于薛、彭之野。"

"那是在涂山之北四百里？天子不打算派兵南下讨伐共工吗？"惊愕的族长问道。

使者摇头："共工的头一波攻势必是洪水，用精兵去填吗？决战必在其后……"

族长缓缓低下了头："涂山知道了。"

涂山城南四十里外，一座涂山人的村寨正在等待夜晚的降临。村寨立在地势稍高的小丘上，四角各有哨塔，旷野一览无遗。寨墙外生长着一圈枸骨和刺杉，野猪和熊对这些尖锐丛生的可怕植物都敬而远之。

村寨里有男女老幼两百多人。此时，一天的劳作已经结束，耕作的人家在修理农具，猎人将猎得的獐麝狐兔剥皮熏干。妇女在寨子中央准备木柴，篝火将彻夜不熄。

孩童的嬉笑声、哭嚷声，老人的交谈声、呵斥声，女人织布的机杼声，男人劈柴和互相嘲笑的斗嘴声，乃至鸡鸣犬吠之声，从寨墙里传出，消散在越来越昏暗的荒野里。

村庄的长老在门前依杖而立，眯着浑浊的眼睛。余晖正迅速地从田野上退去。

"有人来了！"哨塔上的人喊道。

喊声未落，一声悠长的鹿鸣传来。一头大角麋鹿穿过旷野，疾奔而至，从鹿背上跃下一个葛衣少女。

少女年仅十五六岁，长眉朗目，细细的眉勒将一粒玛瑙缀在额上。她身上斜挎一只栀子染黄的布袋。此时气息未匀，衣裳汗透，又尽是尘土，显出几分狼狈。

老者吃惊道："女娇，你怎么来了？"

"别人骑不得鹿，没有我快。"女娇行礼，从布袋里取出一枚竹简，递给老人，"阿父说，所有村寨全部撤到涂山城，一刻不要耽误。"

村民中一阵惊慌的嘈杂。

女娇已经能够平静地看着村民们的反应。父亲下令聚合涂山族人，她和丁庞分派的队伍分头而出，这已经是她经过的第七座村寨。她估计丁庞派出的那些徒步小队，这时候才跑了一半多的路程。

老者接过竹简，上面是涂山九尾的画押。他似还不信："共工真的要来了？"

女娇点了点头。

"今晚在寨里休息，明天和我们一起撤。"老者说，一边递上水壶。

女娇接过，仰头灌了几口："来不及了，趁着天没全黑，再跑下一个寨子。"

老者变了脸色："天要黑了，过不得山！"

旁边几个青壮也急忙来劝："山里来了一头怪兽，我们见过几回。"

女娇拍了拍鹿身上挂的弓箭，翻身而上。众人阻拦不及。麋鹿轻捷，几个腾跃间，身影就消失在林间。

老者手有点发抖，望向遮蔽了女娇身影的那道密林。夕阳已经彻底褪去，密林的深处陷入了黑暗，好像有一双眼睛正在那里注视着骚动的村寨。

女娇一进走马岩的山林,阴影立刻吞没了一切。茂密的枝叶将天空残存的光线彻底遮蔽。林间的凉气从地上升起。昏暗中,麋鹿不能奔驰,放慢了脚步。它抬起头,嗅着林中的空气。女娇知道它很紧张。

女娇从袋子里掏出火石和火绒,寻了一根枯枝来点着。火光所照见的范围不过几步,林间风动,火焰摇摇欲灭。麋鹿的脚步越来越慢,它开始不安地甩动尾巴,将前蹄高高举起又原地踏落。女娇不得不伸手抚摸它的脖子,令它镇静下来。

背后的灌木中响起簌簌的声音,枝条被踩断,不知道什么动物在穿行。女娇转过身来,伸手把弓摘在手里,尽力向黑暗深处张望着。忽然她看到林中出现了两个火把,摇曳着向她慢慢靠近。

"什么人?"

那头没有搭话,只是缓缓地闪烁着的火把,穿过树木,似乎有点儿犹疑地在移近。女娇听到了火把那边粗重而骇人的喘息。

女娇瞬间明白了。那不是火把，而是一对巨兽的眼睛。她想要尖叫，却只能张开嘴大口喘息着。她觉得自己整个人被一股无形的力量攥住了，动弹不得。胯下的鹿也不由自主地震颤着，贴着她的大腿下面，紧实的肌肉在狂跳。

手中的火把渐渐要熄灭了，对面的野兽却没有再靠近。女娇动了动自己的手指，发现自己正在恢复对身体的控制，她深吸一口气。一股不知从何而来的声音从女娇胸膛里爆出，她奋尽全力，把将要熄灭的火把向那对眼睛所在掷去，同时猛踢鹿腹，麋鹿发出一声长鸣，转身在月光照亮的林路上狂奔起来。

眼前的树影纷纷劈面撞过来，女娇趴在鹿的脊背上，不知道那怪物是不是追在身后，也不知道下一刻会不会被树根石头绊倒，或者一头撞上大树青岩。是生是死，听天由命吧。她干脆闭上了眼睛，抱紧麋鹿的脖子，任由它这么狂奔下去。

一人一鹿，不知何时已然冲出了林子，来到了山阴。那个可怖的怪物被他们远远甩在了身后，不知何处。月光照在舒缓的平原上，让所有可见之物都泛出一抹银光，原野里远远近近响着蛙鸣，平静得如同什么也没有发生。

女娇检查了一遍身上，没有丢失什么要紧的东西。她长出了一口气，几乎要为自己刚刚的丧胆落魄笑起来。

但是当她抬头寻找村庄方向的时候，她的笑容瞬时又坠入冰渊。

村庄在原野上燃烧。

一队共工的斥候劫掠了这个村庄。村庄里的青壮奋起反抗，伤亡过半，却只留下了一具斥候的尸首。

这是女娇第一次看到这些人不像人、兽不像兽的怪物。它们被共工的族人所驱使，是南方大泽中凶恶愚顽的生灵，涂山人叫它们妖兽。这具正在变冷的尸体，身体矮而粗壮，遍生稀疏粗糙的毛发，像是水牛或者猪的鬃毛。黄色的小眼睛还朝天圆睁，獠牙如野猪一般外翻。它粗糙的皮肤外还披着牛皮制成的铠甲。燧石、骨头的弓矢和矛头对这样的铠甲无能为力。倒下的这只怪物在混战中张牙舞爪，露出了自己的脖子——被一支竹矛捅穿了喉咙。

村寨付出的代价要惨重得多。人们在火光中痛哭、诅咒、呻吟和颤抖，有人试图挽救燃烧的房子，如同想要挽回死者的呼吸一样徒劳。失去了孩子的母亲在地上翻滚，扯着每一个眼前出现的男人的脚，求他们去救回孩子。

"还是来得太迟了。"女娇在心里叫道。

几个青壮护着一个中年汉子，还在指挥着扑火救人。他们看见火光中女娇的身影，认得巫女的标记，纷纷拜倒。

"他们有多少人？"女娇喝问。

当中伏在地上的中年汉子浑身血污，勉强答道："共有十来个，三五个共工族，余下是妖兽……有矛、斧子和弓矢……突然冲进来，哨卫没来得及示警就被射倒了……大伙没有防备，死伤还不知道有多少……"

一个女人忽然冲过来，扑在了女娇脚下："他们抢走了我的孩儿！求巫女大人救命！求巫女救命啊！"

汉子跳起来，跺着脚："眼下什么时候，只管你的孩子！男人呢？还不把你家女人扯下去！"

女人披头散发，从胸膛里发出一声不似人的哭号："我家男人死了，头都打碎了……房子烧了，阿父阿母都在里头……我们家没人了……"

"我们家的孩子也给抢走了！"

"我们家……"

中年汉子阻拦不住，只是喝骂，几个壮丁也木然地不知如何是好。

女娇沉吟了片刻："他们往哪边去了？"

汉子茫然地抬手，指向了西南的无边暗夜。

"天亮时带着村里的人去涂山城，不要回头。告诉丁庞，让他多带人来，沿途有我的记号。"女娇确认他听明白了自己的话才跳上麋鹿。她忽然又想起来什么，手指着北边走马岩的山脊大声道："绕开那片树林！"

淮水南边的丘陵中，一支小队正在林间疾奔。打头的是三个共工族的族人，七八个妖兽紧随其后。其中一只妖兽背上用木笼背负着三个孩童。有两个幼小的孩子已经因为恐惧和疲惫而晕厥。一个六七岁的女童还睁着眼睛。她的辫发已经散乱，发丝胡乱贴在脸颊上，绑头发的一根红色布条半散半系。她把右手藏在怀里，手里藏着一根尖利的木刺。那是她经过一丛老皂角树时从枝头折下来的。

路过一段溪谷边的断崖时，女孩突然伸手，把刺狠狠戳在背负木笼的妖兽脸上。突然的剧痛让它脚下一滑，眼看就要跌进深渊。它长叫一声，扑倒在地，磕断了一颗獠牙。那木刺在它额头上划出一道血口子，几乎犁开了它的右眼。

妖兽咆哮着将笼子高举起来，准备丢下溪谷。在孩童的哭叫声里，小队首领，一个共工族人飞身过来将它踹翻。

首领把长矛抵在受伤妖兽的喉咙上，毫不理会它的咆哮："我们要把探路的消息带回去。没有这些粮食，前面的路我们走不完。"

"死的也能吃!"受伤的妖兽用含糊的语音咆哮着。

"蠢货,天热了,死掉的尸体很快就会发臭,我们可没有你们兽人的肚皮硬。"首领怒吼道。

"他们这帮蠢货又没有多带点儿盐,不然也能腌着吃。"另一个共工族人嘲笑着。

几头妖兽发出了愤怒的吼叫。首领猛然抬手制止了它们的骚动:"你们先杀掉这个捣乱的孩子吧。"

可以报仇的妖兽跳起来,一把揪出女孩,两手用力,要把她高高举起摔下去。旁边的怪物们响亮地咽着唾沫。

一声弓弦响。这队斥候也是久战之兵,乍听到声音,本能地摸向兵刃,向响动来处扫视。只是那个受伤的妖兽乍惊乍喜,一时没有反应过来。而那支羽箭恰恰随声而至,射透了它的面门,顿时一声不吭,尸首塌倒。

两个持弓的共工族人已然张弓搭箭,然而密林重重,难以望见对手的所在。忽然又一箭飞来,射穿了其中一人的咽喉。那人弃了弓箭倒在地上,血沫不断从捂着伤口的指缝中汩汩而出，眼看就要死了。

首领大叫起来，伸手把女孩抓在身前，一把小刀抵住她的脖颈："出来！不然就是她死！"

林中沉寂。女娇在树后努力平抑着自己的喘息，她握着弓的手又开始颤抖。昨天夜里一路追过来，又远远盯梢了一路，她都没有害怕，此刻却不知道该如何是好。鹿在林中动静太大，被她留在了树林外面。

"不知道丁庞有没有带人过来。"她想着，随即又摇头，从走马岩到涂山城要走半天，丁庞就算马上带人出来搜寻也要赶一天的路。

"涂山的胆小鬼！只敢放冷箭吗？"斥候首领大声嘲笑，"是勇士就出来斗一阵，不然这个小丫头就要替你挡这一刀了！"首领吼着，刀尖已经刺进了女孩的皮肤。

女娇飞快地在心里盘算，两边的距离只有十几步，她有机会射出两箭，但只怕射死了那斥候首领，小女孩的喉咙也被划断了。

"既然你要打，那就来吧！"一个身影从林子里跳了出来，站在了当路。

女娇惊奇地睁大了眼睛，什么时候冒出来这么一个人？而且就在身边，自己毫无察觉？

这人背对着自己，裹着绿蓑衣，斗笠丢在背上，蓑衣底下露出一双糊满泥巴的牛皮靴子，一看就是赶了许多路。一根黑曜石矛头的短矛担在肩上，一头挑着麻布包袱，像是一个行色匆匆的赶路人。要说这个人有什么特别之处，是他的左肩上趴着一条金黄色的四脚蛇，正在缓缓摇摆着尾巴。

"想不到涂山人还有这么有胆气的。"首领狞笑道，把小女孩丢在了一边。

"我不是涂山人。"那人硬生生顶了一句，似乎在认真地为这个误会感到不满。

首领打量着眼前的不速之客，他的几个手下各持兵器，做好了扑上去撕碎对手的准备。这个有十足把握的局势让首领的心里忽然生出一点儿快感，他显然也注意到来人肩膀上趴着一条金黄色的四脚蛇，忍不住眯着眼睛，龇牙笑道："不管你是什么人，今天都要把你和你的四脚蛇剁成肉泥。"

"你他娘的，说谁是四脚蛇！"一声暴喝忽然在林间炸响。

并不是来自那个奇怪的赶路人，他的嘴紧紧地抿着。这个声音像是深渊里的回音，每一个音节都被拉长了，从无尽的幽暗中激荡而出，它越来越高亢，越来越宏大，最后混成一片暴风骤雨般的啸叫，拔山倒树而来。

此刻，连女娇在内，所有人都惊奇地发现，那条小小的四脚蛇在这片泼天的啸声中腾空而起，随风而长，变成了一条巨大的、有着骇人尖牙和利爪、鬣毛飞舞的龙。奇怪的是，这龙跟画上的不太一样，它有一对蝙蝠般肉蹼的翅膀，蹼上还有几个破洞。

随即，那条龙就向风暴中呆若木鸡的妖兽们喷出一颗火流星，比他们见过最快的箭还要快，比火山的岩浆还要灼目，刺穿林中的空气，发出尖锐的鸣声，似乎连风都要炽热起来。

"呲——"它落在湿淋淋的林地上，冒出了一团白烟，灭了。

龙一边咳嗽一边解释："火系法术，还是用不好……"

那人捂着耳朵，不满道："你下次别在我耳边叫那么大声好不好？"

对峙双方面面相觑。这一瞬间变故迭生，大起大落。最凶恶的人遇到经验之外的事情，也会不知所措。

忽然那个持弓的共工族人惨叫一声，捂着脸仰面就倒。女娇在暗处射出了一箭。

龙从半空冲了下来，将一个妖兽的脑袋连着皮制的头盔打得粉碎，又迅速撞向几个兽兵，骨头带着内脏被撞得稀烂。没有一个对手能敌过这一击。

首领怒吼一声，挥舞着斧头冲了过来。裹蓑衣的人平举起了手里的长矛，那黑曜石的矛尖打磨得十分尖锐，闪着只有磨得十足精致的石器才有的细腻的光。

首领精熟的战技，有把握在进入刺杀距离的一刹那磕开对手的武器，然后用更快的速度抢进去，劈开对方的头颅。他对自己的速度、力量和时机拿捏都很有信心。

但眼前的人却陡然抢上前一大步,沉身探腰,长矛疾刺而出,矛尖一点寒光陡然而长,正撞上扑过来的咽喉。

"出来吧。"那人一边擦着矛上的血,一边漫不经心地对女娇所在的方向说道。

女娇的箭却依然搭在弦上。

"你箭法很好。"那人抬眼,声音冷冷道。女娇这才看清楚,是个十七八岁的少年,浓眉如墨,眉间却总是拧着。

"你是哪里来的人?"女娇从灌木里现出身。

那龙已经缩回了四脚蛇的模样,蹲在少年的肩膀上,跟他咬了一阵耳朵。少年点点头,并没有回答女娇的问题:"原来你是涂山的巫女。你们这里,近来可有见过什么怪物?"

女娇指着地上一堆尸体:"这些还不够?"

少年摇头,伸手比画了一个虚空的大圈:"比这些东西大得多。"

他们忽然又听到了北方的林中传来了声响，像是暴雨前远方的滚雷。这让他们都吓了一跳，但出现在眼前的，是两匹栗色马拉的马车。驾车的瘦高个宽袍大袖，戴着薛邑人的高耸皮帽。后面立着的是一脸紧张、背着弓箭的倕，他在腰上足足挂了四个满当当的箭囊。旁边还有一个黑衣年轻人，手持长戈，面相毫不出众，体格健壮，乐呵呵地抱着胳膊。

不待车停稳当，倕就跳下车来，直奔到女娇面前，上上下下看了一遍，才放心道："丁庞他们走得慢，正好奚仲有车，我就借来一用，先赶来了。"

"你可是答应告诉我鞣轮之法，我才连人带车借给你的。"奚仲在车上撇着嘴。

倕不跟他斗嘴，指着持戈的年轻人："他是商族人，叫契，也要跟着一起来。"

契正在数倒在地上的共工族人和妖兽。他注意到两个族人是死于精准的射杀，一个死于喉咙的重伤，其他死状乱七八糟，不知道被什么大力一起击毙。他正在心里暗自震惊，听到偎的话，赶紧压住心思，笑道："反正生意做不完，作为商族的使节，出手帮忙搭救涂山的巫女，也是一个大人情。"

奚仲道："依我看，你还想趁这一天的追袭见识见识我薛邑的马车究竟有何大用。"

契又一笑："确实。如果贵使愿意出价，我们倒是有兴趣谈谈。我们有驯服的大象，上好的珍珠和玉石……对了，这位是？"

一直被冷落的褰衣少年向他们点了点头，重新把包袱扛到了肩上，依旧冷着脸："我叫文命。"说着指了指肩膀上的黄色四脚蛇，"他叫应龙。"

"他是一条真龙。"女娇说。应龙嗖地跳到了她的肩上，在她浑身爬了一圈。女娇先是害怕，随即痒得尖叫起来。

契沉着脸盯着文命："我们在来涂山的路上听说有驯龙人出现，想必就是你了？"

文命点了一下头。

"龙已经不显世三百年……听闻真龙能大能小，大如垂天之云，小则叶底藏身，飞则腾于九天，潜则伏于深渊……还以为只是传说……"奚仲喃喃。

"我们先回涂山再说。"倕只是急着把女娇带回去，忙不迭地催促几人。

他们把三个昏迷的孩子抱上了马车。女娇见那小女孩的发带散乱，又帮她扎了一回。然后，奚仲催动马车，慢慢往回走。

"我们为什么要跟他们走？"文命悄声和应龙嘀咕。

"我喜欢她身上的气味。"应龙还在陶醉。

"我们不应该跟人走太近……"文命冷着脸道。

走在车右的契悄声向奚仲："这个家伙来历太古怪……太古怪……"

驾车的奚仲目不侧视："这个自然由涂山族的族长和大巫来操心。"

"你就不担心？"

"我担心又有什么用……按理说，你该喜欢天下将乱的样子啊。"

契摇了摇头："我们商人，居天下之中，四方接壤，东边的鱼盐之利、南边的象牙犀革、北边和西边的玉石牲畜、中土的丝帛，我们居其中交易则财贸不绝。天下自然是安然有序的好，只是……恐怕这样的时代要到头了。"

"你们商人不是最长于乱中取利吗？"奚仲讥笑道。

契又摇了摇头："攻伐一国之乱，尚可取利。天下之乱，取的就是生机而已。"

第三章

有崇文命

入夜。涂山城外终于见到一队火把招摇，自南迤逦而来。正是丁庞迎上了女娇一行，并作一路折返回来。

早有壮丁招呼打开城门，放一行人等入城。

此时涂山城已经收聚了周围的人口。原本宽阔的路边，搭建了连排的窝棚，按村寨划分地界，供人暂时栖居。族长和诸位长老将壮丁健妇分作几队，樵采、汲水、巡逻、炊煮。司工师凿也带着一队人，抓紧制作武器、修建城防、疏浚沟渠和护城河。大巫命人在城中架起大陶釜，熬煮草药，分派所有人一日一饮，以防瘴疠。

承平日久，共工更像一个传说。涂山人开垦耕稼，把淮水周围变成乐土，共工族人远隔重山，潜伏于大泽之中，虽有二十年前洪水汹涌滋扰，但共工族人和妖兽却没有直接北犯。因此，昨天共工族人袭击山阴、掳走人口的消息传来，涂山一片惊惶。据村民说，共工族人和妖兽筋骨如顽石，刀枪不入，力大无穷，只知道嗜人血肉，胆小的直接筛起糠来。之后又说巫女女娇只身去追踪敌人，大巫几乎昏厥过去。丁庞赶忙点了百十个壮丁去接应，只是已隔了几个时辰，只怕凶多吉少。

"巫女把孩子救回来了！"队伍中不知谁喊道。

涂山登时响应一片。山阴村里的村民见着孩童无事，抱头痛哭，又向女娇诸人下拜。

文命抱着矛，不动声色地看着四下的一切。

"不愧是涂山，营造之术果然名不虚传。"应龙打量着城堡，感叹道。

"靠这个城墙能打败共工吗？"文命问。

"当年遣这一族来涂山，为中土警戒而已。凡人血肉之躯，凭高墙自保，勉强支撑吧。共工族人和妖兽你也见过，凡人十不敌一。"应龙道，"打败共工，那是祝融的事。只是地天不通，神血日益稀薄，祝融的大军也只能勉强维持四师而已，左支右绌为难啊……"

人群让出一条路，族长和大巫走到他们面前。

"听说是你和你的龙救回了我们的族人？"族长问道，却是不冷不淡的语气。

"龙便是龙，世上没有什么谁的龙。"应龙甩着小尾巴抗议，"论起年纪来，你们给我磕几个头也是应该的。"

文命拿手指捅了一下他，示意他安静。

"孩子，你从哪里来？"大巫缓步趋前，压低了声音。

"从北方。"

"愿意告诉我，是从什么部族来吗？"

文命看着大巫，觉得难以说谎，一时语塞。半晌，他终于抬头，缓缓吐出了两个字："有崇。"

人群嗡然一响，齐齐向后退了一步。女娇也发出了一声惊呼。

二十多年前，有崇一族的首领鲧受尧天子的命令治理洪水，鲧窃取神物息壤，欲以止息泛滥，结果洪水暴涨，各处堤堰大溃，死民无数……之后，鲧以窃据神器之罪被收捕，有崇一族又遭共工蛊惑反叛，才有将军祝融代行天谴，隳其故都，诛其全族。

这件事的杀伐狠辣，与帝尧的行事风格大有不同。想必是鲧犯下了极其恐怖的罪孽，才得咎于上天，举族齑粉。

所有人都注意到族长和大巫的脸色铁青。女娇、倕和奚仲等人，气不敢出。丁庞甚至悄悄把戈握在了手里。

族长上前一步，死死盯着文命的脸，问道："这么说来，你是鲧的后人？"

文命缓缓点头："我是鲧的儿子。"

人群中又是一阵骚动。

"上天厌弃的人！"

"杀了他！"

"他会给我们涂山带来灾祸！"

"但是他救了我们的族人，也救了我！"女娇喊道，"薛邑的奚仲、商族的契，还有倕，他们都是见证！"

族长抬手，鼓噪声安静下来。

"这……可如何是好？"族长转头问大巫。

大巫默占一卦，摇摇头："卜蓍都没有回答，我也不知道。但凭你的意思行事吧。"

须臾，族长面色沉重地转回身，走到文命面前，深施一礼："救命之恩，涂山人不敢忘。但涂山此刻自顾不暇，还请贤人暂觅别处栖身，待大劫过后，涂山若还能存亡续绝，必然图报。"

"虽然事情办得不地道，话倒是说得十分漂亮。"契低声笑道。奚仲神色不动。倒是倕在旁边听见，狠狠瞪了契一眼。

"阿父……"女娇刚刚张口，就被大巫举手噤声。

族长吩咐："给恩人准备干粮、净水。"

文命淡淡回了一句"有劳"，容色平静，仿佛四下无人，找了个柴草堆躺下歇脚："歇歇便走。"

丁庞带着一队青壮，荷矛而立。

羽山的密林，荒草和青苔满地，葛藤纠缠巨木，雨水从树梢和岩壁重泉般垂挂下来。

少年追赶着父亲的背影，在弥漫的水汽中，父亲戴着斗笠、身披蓑衣的背影忽近忽远，不理会他的呼喊，似乎永远触不可及。

少年跌跌撞撞紧追其后，乱石和树根磕绊着流血的脚。

背影忽然停下来，那个高大的身影先是静默不动，后竟开始痛苦颤抖。

少年惊疑，上前触摸父亲的肩膀。一瞬间，蓑衣化为碎片，一头獠牙的怪兽张开爪牙向他猛扑过来，撕扯摇晃着他的身体。

文命猛然惊醒，发觉是自己在涂山城里的柴草堆上睡着了。丁庞依然站在一边，面沉如水。眼前，只有涂山大门敞开。

摇晃他的是一双小手，那个被他救下的山阴的小女孩。她背后是她的母亲，只是中年，脸上已经有了劳作过多的衰老模样。她恭恭敬敬地捧着几样食物，皮囊里是米酒，包袱里有粱糗和肉脯。

文命摸了摸女孩的头，还是用那条红色布条，抿齐了头发，扎了整齐的发辫。显然，她还完全不懂为什么大人们会如此恐惧惊惶。

从女孩母亲手上接过食物，文命低声道谢，然后扛着这堆东西，摇摇晃晃向城门走去。

高处的女娇一时不知道如何是好，遥遥看着那背影在越来越淡的火光里走远，渐渐融入黑暗，不可辨识。

迷雾笼罩着南方的大泽。倒卧在地、虬龙般的枯木提示着这里曾经是茂密的森林，但现在只留下过往生机的残骸。

青苔和寄生的藤蔓占领了曾经高耸的树冠。遍地是发出咕嘟声的浅水池，里面丛生浓密的水藻和乱草，掩盖着深不见底的泥浆。那些气泡浮出水面，不断向空气中注入腐烂的臭味。

一支共工族人和妖兽组成的军队，正在向北行进，粗重的喘息声在迷雾中回荡。他们用膏油点起火把，在潮湿的沼泽里也能燃烧不熄，在污泥和水坑的映照下，仿佛无数跳跃的磷火。

沼泽的一块巨石上，一个身形修长的共工族人正注视着火光的长龙蜿蜒向北。他并不披甲，身上穿着灰白的鱼皮衣。身后几名侍卫个个身材高大，手上、腰间和背上配着各式长大兵器，处处透出精悍之气。

一队士卒向此地奔来，各个跑得气喘吁吁，衣甲凌乱。当先一人不及近前，就拜倒再地："相柳大人，先前遣出去的几队斥候回报，涂山已有动作，收聚人口，赶制守备之具。"

相柳笑道："倘若我是他们，便弃城而走，或者举火自焚，两相干净。也罢，既然要战，也好教你们熟练熟练手艺，免得对上祝融的时候生疏了。"

四周兵将哄然。

"涂山人虽然修得城池，到底是些凡人而已，见到我们的大军，恐怕就吓死了一半！"

"王上也是太过谨慎，攻伐涂山竟然要相柳大人亲出。莫如我带五百兵丁，直接去把涂山一族的脑袋都砍回来。"

"只怪巫支祁多事，跟王上说什么五色石出世，我族必须掌握五色石的秘密，才能北向争天下。从来没听说过，争天下要靠什么石头。"

相柳笑道："共工本是北方大神，共工一族，人人都有神的血统，我族才应该是中土之主，天命所归。如今帝德衰微，正是到了我们共工族来取天下而代之的时候。"

他转向报信的头领，问："可还有别的事情报来？"

"有。有一队斥候还没传回消息，也不曾见到人，恐怕有失。"

相柳不以为意，"那怪兽的踪迹，可探听到？"

"确实已经在涂山，已派人日夜追踪，只等相柳大人安排。"

"很好。"相柳抬手指向暗夜中的北方，"攻取涂山之后，我们再北向唐虞，灭祝融之师！"

大军轰然应诺。

涂山南边的树林边缘燃起了一点篝火。

龙咳出了两口烟气："这烛龙的引火之术，在西北苦寒之地好用得很，到南方就水土不服了。"

文命抱着矛，靠在树上，手里握着一只小小的皮囊。这皮囊上没有纹饰，只用火炭烫出一个"姒"字，那是颛顼帝后裔的姓氏。

二十年前，鲧服罪于羽山，有崇氏灭族……应龙早与文命讲过那段惨烈历程。

"其实窃上古神物息壤，必遭天谴。你父亲依旧去盗取，解万民于倒悬。但不知是不是天谴的作用，你父亲后来有些疯狂了，不节制地使用神器，后来大堤崩塌……你父亲也彻底失控了，竟杀尽了自己的族人……祝融来围剿时，你父亲才清醒过来，后悔已极，自绝而死。只是你父亲的尸身在羽山三年不腐……我家祖上可是黄帝灭蚩尤的大功臣，受伤堕于南方，成为河神，不想颛顼帝时，共工一族南遁，占了我的地方……所以我当然要帮你父亲抗击共工族的洪水，也以此结下了情谊。我听说了这种异象，自然去羽山查看，却见你父亲的尸身古怪，腹部隆起，宛如妇人怀孕……却听见有异动，连忙躲在一边，原来是那祝融也来查看。见他也在对着那肚皮思虑，却想不到他拔出腰刀就把你父亲的肚子劈开，里面竟露出一个哭泣的婴儿！那便是你。我怕祝融伤你，趁他还在莫名惊诧，托着你便飞走啦！你父亲久握神器，身死还怀有异能，将体内的清气全部用来孕育你。待你被剖出，只余怨悔浊恨之气的尸身化身巨怪，翻身坠入地水，不知所终。我带你四处隐遁，却还是被祝融追踪到……但他说敬你父亲的所为，并无恶意，所以时不时来看你，授你兵法阵法……"

小时候的文命就不解，追问："我父亲一人窃神器以救天下，为何却遭天谴，事败身死？死后还要蒙百世恶名？天真的公平吗？"

祝融说，当年他也问过帝尧。帝尧说：比窃据息壤更可怕的，是鲧的思想。以一人而匡扶天下，天下也便易为一人所私有……这是天下祸乱无穷的开始啊。

这么多年来，文命一直对帝尧的说法不以为然。

火光还在文命的脸上闪烁，应龙在他肩头盘下来，摇晃着尾巴唠叨："好好打个盹儿吧，跑了几天几夜，我龙都要累垮了，你倒是还有精神。果然是出生神异的怪胎……"声音越来越低，终于响起了低沉的鼾声。

这天夜里睡不着的，还有整个涂山。

"舜天子为什么不派祝融南下淮水，讨伐共工？"在城墙上，少年倕都快哭了。

"天命如此。"奚仲拍了拍这个他很喜欢的孩子。

契啐了一口："狗屁天命！"

"天子上通天命，我们有什么法子去违拗天子的话啊？"奚仲反问。

"神的血统越来越消退，祝融的军队一直在衰微，这是众所周知的事。"契笑道，"如果我是舜天子，也会放弃凶险的远征，就近寻求地利，与共工决战。"

"那涂山岂不是……"倕急问。

契打断了他："自彭以南的部族，何止涂山？大家都是天命的棋子而已。"他撞了撞奚仲的肩，"出使的任务已经完成，你不回薛邑吗？"

"我想见识见识共工到底是什么样的，是不是真的像传说中那么凶神恶煞。"奚仲道，"你呢？大生意还没有做够吗？"

"我说过，商人在乱世只谋生机。涂山如果挡不住共工，商邑也挡不住。我在这里，就想看看，涂山到底能不能给中土挣出一线生机。"

此时，在涂山城的高塔上，女娇手中的蓍草现出了奇异的征兆。她忽然想起走马岩森林中的恐怖双眼，还有文命问起过的怪物。

太阳刚刚升起，薄雾未散，女娇又一次从城楼上飞身而下。她不知道这个答案意味着什么，只知道这个答案，对涂山的存亡很重要。

第四章

兵临城下

文命又一次从噩梦中惊醒，女娇已经目光灼灼逼视到鼻子前面。应龙还未醒，被他陡然坐起，结结实实摔在地上，正在吹胡子瞪眼。

"你们知道吗，祝融将军不会南下抵挡共工？"

文命一点儿也不意外："哦。"

"你们早就知道？"

文命摇头："不知道。"

应龙一边抱怨着，一边再次爬上了文命的肩膀："倒是不意外，如果我是舜，我也会这么决断。"

"为什么？"女娇大惑不解，"共工不是要来争夺帝位吗？舜天子不是应该为天下人去讨伐共工吗？"

"他们也得办得到才行。"应龙踢了一脚文命的脖颈儿："如果是你，你会怎么打算？"

"让共工大军深入，至彭之北、薛之南。令他们长途疲敝之后，再做决战。"文命皱着眉头，"即便如此，也只有五成胜算。"

"那涂山怎么办？"

"涂山……涂山能烽火告警，对虞都的大人们就足够了。"文命道。

"你能帮我吗？"女娇几乎是喊了起来，"你帮我们守护涂山！"

文命呆了一呆，又摇了摇头："我守护不了涂山，没有人能依靠凡人守住涂山。"

"那个怪物……我见过。"女娇一字一顿。

忽然，树林里鸟雀惊飞，在上空集群盘旋，向北方飞去。

随即，森林陷入了沉寂，仿佛不可见底的深渊。女娇第一次意识到森林在平时是喧闹的，充斥着风声、鸟声、各种动物的鸣叫。此时，是死一般的沉寂。

"他们来了。"文命把她拉到了一棵大树的背后，隐藏起两个人的身形。

一排黑色的旗帜，鬼魅一般从森林边缘的阴影里出现，随后是源源不绝的黑色军队，向着森林外的平原汇集。此时，他们的脚步和喘息声没有了树木的阻隔，开始如遥远的雷声一般在大地上滚动。

与此同时，淮水开始诡异地涌动，掀起了滔天巨浪。一条白线漫过河岸，拔山倒树向涂山的城堡奔突而去。

"你能帮我们一起打这场仗吗？"女娇祈求道。

文命摇头："我一个人能对付十个。"又指了指应龙，"他也许能对付五百个。但是，你们的族人不是军队，不擅长战斗。"

"你不应该是这么胆怯的人，你是因为我们不相信你，是不是？"女娇逼问。

文命毫不躲避她的眼神，却没有说话。

女娇从他的眼睛里看不到任何动容的神色，那里只有一团空洞的漆黑。她退后两步，呼哨一声。那头驯鹿从林子里蹿了出来，女娇跳上鹿背，再不回顾，向涂山奔去。

应龙腾身在半空。他能看到以涂山为中心，黑色的共工军队、浑黄的淮水浊浪，从不同的方向，向着涂山奔流而去。在它们的侧翼，白衣的女娇如箭矢一般狂奔，渐渐超越在前。

她一边奔跑，一边从口袋里掏出一把蓍草，念起咒语。

大巫眼前的龟甲忽然裂开。她冲到窗前，向城墙上巡逻的族长和丁庞喊道："闭门！有敌袭！"

在行进的共工军队中，相柳注意到和他们平行奔驰的少女。

一队士兵脱离了大队，在侧翼展开，射出了一排羽箭。

女娇不管不顾，只是趴伏在麋鹿背上，全力催动着坐骑，压榨出它所有的气力狂奔。

涂山城的城门，已经可以望见了。青壮正在乱哄哄涌上城墙，在城上竖起抵挡箭矢的木板。

"相柳大人，给我三百个人，去把涂山城门抢下来！"一名高大的侍从喊道。

"急什么？"相柳好整以暇，望着从另一边逼近的巨浪，"淮水会帮我们打头阵。"

沉重的城门正在关闭，门后开始堆上堵塞门洞的鹿角和木椿。

"是女娇！"城上的大巫、倕和丁庞数人，此时都看见了狂奔的麋鹿和鹿背上一抹白衣，几乎同时爆出喊声。

城门停住了。忽然城上又爆出一声呐喊，淮水的浊浪越来越快，开始卷起如墙的浪头，向涂山扑来。

"关门！"族长一拳砸在墙垛上。大巫大张着嘴巴，发不出声音。倕大喊一声，想要冲下城去，却被奚仲死死按住。

"关门！"他们听到女娇也同样喝到。她弓起身体，把麋鹿的速度催到了极致。

城门发出令人牙酸的声音，缓缓闭合。淮水的浊浪已经冲过了城壕，在一层层叠加之下，比原先更高了一头。这道浑水的峭壁发出滚雷一般的巨响，直扑最外围的城墙。

麋鹿在最后一瞬间冲进了城门，随后前蹄一软翻滚在地。大门砰然闭合，青壮管不上看顾女娇，呼喝着抬起巨木顶了上去。

夯土的城墙顶住滔天的浪头一浪一浪的冲击，终于垮下去一个大口子。几个青壮甚至来不及喊叫就被搅动着泥土的大水吞没。

倕在城墙上目瞪口呆。他没有想到涂山的城墙居然这样不堪一击。这时，他的父亲师凿带着一队人冲了过来。

倕张口想喊阿父，但喉咙一哑，竟不能出声。这些身穿短褐的人纷纷跟他擦肩而过。他们向缺口投入装满石块的藤筐，但沉重的藤筐也迅速被水卷走。

当城墙的缺口扩大到失去防卫的意义时，大水迅速退却了。

相柳的军队在涂山城下完成了布阵，他们敲响了鼍皮的大鼓，缓缓向城下逼近。

"把五色石交出来，我们就会退军，这里的人都可以活下去。"从军阵中走出一名使者，向城上喊道。

一支箭从城上飞出，燧石的箭头撕开了使者胸前的铠甲，但再也无力深入，无可奈何地挂在那里。随即，它被轻蔑地扯了下来，高举过头，轻松折断。

相柳的军队发出一阵狂笑。

丁庞恨恨地丢下了手里的桑木弓。

鼓声再度响起,一排共工族的弓箭手越阵而出,向城头泼洒箭雨。随即,大队的妖兽在共工族人的驱使下向缺口涌去。

丁庞大声呼喊着他的命令,一队乡丁正在把孩子和女人带到内城的堡垒里去,更多的人在他身边集合,向城墙的缺口冲过去。不时有人被飞矢射中,惨叫着滚倒在地。

"我们不去帮忙吗?"应龙落在了文命的肩头,问道。

文命沉默了许久,低声道:"如果祝融叔叔和他的大军在,哪怕只有五百人……虞都都因为天命而放弃了涂山,我们又能做什么呢?"

应龙眯起了眼睛:"你不是真的这么想的,对吧?"

文命不语。

"你只是害怕去为众人战斗还是会被人抛弃,加上各种罪名,被万民唾弃和恐惧,像你父亲一样……对吧?"

文命低头。

"凡人不值得你去送命,到底你身上还流着神的血。"

"不,不是……"

"唉,你说我一条龙操这些心做什么!"

鼓在涂山堡垒顶上敲响,青壮们从残破的城墙和缺口处潮水般退下来。

相柳的军队紧紧咬着他们,像是黑色的潮水追逐着浪花的白沫。它们狠狠地咬住最后一队人。那队乡丁人人带伤,盾牌破碎、长矛折断,但仍拼力将几十个妇孺包裹在方阵中央,慢慢向城堡大门靠拢。师凿在其中大声呼喊指挥着缓缓后退,一边抵挡妖兽和共工族人吞吐上前的利刃。

这个强壮的中年人身高膀阔,挥舞着一把大得不同寻常的斧头,一时竟让妖兽也不得上前。在他的身后,还有一个白衣少女,手持一把黑弓,箭法奇准,只照着面门和咽喉,一箭发出,黑色的军阵里就有一个人惨叫着栽倒。几个妖兽的首领咆哮着,想让弓箭手上前压制,却被更多的妖兽挤在后面，只能暴怒地狂叫。

尽管如此，这个包裹着妇孺的小小方阵，移动得还是太慢了。越来越多的妖兽正从他们两边超过，准备将他们三面合围。从城堡上射下来的箭和投掷下来的石块都阻止不了它们。丁庞带领的那一队人试图靠过来，也被黑色的潮水死死挡住。

"涂山人比我们想象的要顽强那么一点儿啊。"相柳背着手，望着眼前的战事。

不断有受伤的族人和妖兽被拖下来，在地上惨叫哀号。

"那就让淮水再来一次吧！"相柳大喝一声。浊浪又一次涌出淮水，向涂山扑来。

方阵后面的士兵动摇了，有人转身向城堡的大门狂奔。零星的逃跑马上变成了溃败，厮杀的呐喊变成了绝望的惨叫。师凿试图阻止乡丁逃散，但他回头看了一眼人群，知道已经无望了。女娇还在阵中张弓而射，最后一支箭让一个妖兽捂着眼睛仰面栽倒。

师凿再不反顾，挥舞着斧头撞进妖兽群中。

妖兽的潮水小小地往回凹陷了一角，然后，人们看见师凿的头颅被高高抛起。

城上的僅发出了一声撕裂般的哭喊。

但城上的所有人，看着淮水升起比前面更高的浪潮时，知道城要破了。

"怕是顶不住了。"应龙又飞在了半空，一眼认出了那个张弓而射的白衣少女，"哎呀，女娇！要糟要糟！"他扑到了文命眼前，"你帮不帮？我不管你帮不帮，我要去帮！"

文命叹了口气，拿起了他的长矛："你得变大一点儿，驮我过去。"

"不是说不管他们吗？"应龙一边飞一边冷笑。

"吃人嘴软。"文命掏出了个极小的玉瓶，那是文命在出生时就握着的，从父亲的腹中带出的。

文命开启了瓶塞，在第二次朝着涂山涌来的浪头上空，把瓶口向下倾了倾。

奇迹出现了！

一道长堤破土而出，阻挡了淮水奔流。这玉瓶里装的竟是鲧治水剩余的最后一点儿息壤。

与此同时，像有人吹响了一把巨大的号角，应龙发出长长的嘶吼，在嘶吼声中他的身形更加高大，变成一条肋生双翼的巨龙。他用尾巴在地上一扫，那些惊慌失措的妖兽就像风中的树叶一样飞了出去，摔得粉身碎骨。

相柳仰头望天，几乎是自言自语地笑道："息壤？应龙？好久不见。"

第五章

凶兽梼杌

大水退去，相柳的军队暂时退却到南边的树林。

几个首领还在为突如其来的败阵而吵嚷。

"鲧不是已经伏诛，息壤被上天收回了吗？"

"怎么突然会冒出一条龙来？"

"巫支祁不是灵通天地吗？怎么没有警告过，涂山会有这样硬的对手，伤了许多儿郎！"

"相柳大人，涂山一时拿不下了，向王上请援兵吧！"

"不要吵了！"相柳竖眉喝到，"这般小挫就乱成一团，不要说巫支祁在背后看你们笑话，王上的大业又能指望你们几成？"

几名军将顿时噤声。

一名首领偷眼窥看相柳面色，赔笑道："相柳大人教训的是。我看相柳大人似乎安稳如山，怕是早有先手？"

相柳笑了："是天命如此。"

林中的帷帐打开，相柳来到了一头巨大的、昏睡的怪兽跟前。为它打造的枷锁，此刻正将它牢牢锁在地上。

"真是一头完美的野兽啊。"相柳感叹道，"谁能想到，伟大的鲧，早中了我共工氏诅咒，才会化身野兽，在荒野里流窜了这么多年，今日应咒而吃了我的迷药？"

他将一瓶毒液从野兽的鼻孔里灌了进去，一边吟唱一般低语："为了拯救万民而遭受天谴，一定很不甘心吧？连族人都被牵连诛灭，一定对天充满了怨恨吧？可惜呀，可惜，你想要再造一个天下，却不能容于当世。最高贵的神的后裔，变成了人人恐惧憎恶的野兽！"

野兽像是被炭火烫到一样，猛然惊醒，狂暴地挣扎起来。然后，它的獠牙暴长，背上和关节长出了豪猪一样的尖刺。它的身躯被不知名的力量所鼓胀，坚硬的皮肤出现了一道道裂纹，里面好像奔涌着沸腾的岩浆。

"这就是背叛了神意的下场啊，从此就要在枷锁里听人驱使。"相柳微微笑着，"看你火纹旋转如树盘，就叫你作梼杌吧。"

涂山族人正在拼命抢修被破坏的城墙，埋葬死者。几个共工族人的小队驻扎在视野的尽头，监视着城中的动向。

文命在淮水岸边驱动息壤，造出一座新的堤坝。天色已近黄昏，原野上燃起了野火，人们焚烧着共工族人和妖兽的尸体，散发出令人眩晕的气味，在城堡上落下了一层黑色的灰。

大巫带人给伤者裹创。这一战，涂山的青壮几乎人人带伤。

倕一刻不停地搬运着石头，去堵塞城墙的缺口，双手流血不止。奚仲走过来，拍了拍他的肩膀。

女娇好像才发现，倕还是个稚气的孩子。她伸出手，把他揽在怀里。倕挣扎了几下，终于抱着女娇大哭出声。

"你们挡不住共工了。"契颓然说道，"他们想要的，应该就是五色石。交出来，涂山也许能保全性命。"

"然后呢？臣服共工，像那些妖兽一样，做共工驱使的奴隶吗？"奚仲问，"你们商人能屈能伸，我们薛邑可做不到。"

"涂山也做不到。"说话的是族长，伤痕累累的丁庞站在他背后。

契眨了眨眼睛："以我所知，我们商人也并不总是那么能屈能伸。"

"五色石究竟是什么？"文命问，"为什么说它能倒转天地，抵挡共工？"

"涂山的传说就是这样的。"女娇说，"所以我们世代守护着这块石头，但是谁也不知道它的力量到底是什么。"

应龙想了一想，缓缓答道："我们龙族老大烛龙说过，五色石是女娲补天所留下来的。有一天，它的力量会被人所掌握，从此翻天覆地，人神改易。"

"你们没有破解它的秘密？"契的好奇心又大起。

女娇摇了摇头："历代大巫都试图破解这个秘密，但都没有参透答案。"

"也许不是巫女的参法。"契指了指奚仲和倕，"这里有世上最聪明的人。"又指了指文命，"还有一个来历诡异的神的后裔。"

"哦，还有一条龙……我们可以一起试试。"应龙道。

"我是有崇氏的人，不敬天命，亵渎圣物，恐怕会招来更大的灾祸。"文命冷冷道。

契猛地指向南方："涂山万民的存亡已经悬于一线，共工的军队还在那边磨牙吮血，还能有更大的灾祸吗？"

女娇忽有所感，冲到族长大巫那边。

"阿父阿母，我觉得……我们应该相信他。他能催动息壤……毕竟息壤和五色石都源自娲皇。他或能解破……"女娇向父母说道，"我不知道为什么，可能是巫女的直觉。"

在族长和大巫做出决断的同时，令人战栗的鼓声敲响了，相柳的军队又一次逼近了涂山。

一头从未见过的庞大野兽，从黑压压的妖兽大军中出现。它仿佛在黑暗中闪烁着一团忽明忽灭的火光，看不清形状，却散发出极其强烈的邪恶气息，让所有人都感到无法呼吸。

就连妖兽们也都四散辟易，瑟瑟发抖。

女娇感到了那一天穿过黑暗森林的恐怖，不，比当时还要恐怖得多。那一天夜里在森林遇到的怪物就已经足够让人恐惧了。虽然还隔着城墙，但眼下这个怪物却让人感到灵魂被碾压，只想束手待死。

相柳从军阵中缓步而出，念着涂山的巫女从未听闻过的咒语。他扯开了枷锁，呼喊着梼杌之名。那头野兽发出了让人肝胆碎裂的嚎叫，向涂山直冲过来。

重新修筑的城墙，比面对淮水时还要脆弱。怪兽像撞开茅草屋的篱笆墙一样，轻松撕开了防卫。

涂山人目瞪口呆，有一瞬间，好像被恐怖的气息冻住了。没人射出一箭，甚至没人呼救和逃跑。

巨兽顺着城堡攀援而上，探寻着气息。回过神的士兵开始用长矛和落石阻挡它，大巫挥动树枝抛洒驱邪的净水，想要驱赶这超出凡人想象的邪恶，但都毫无用处。它爬到城堡高处，用利爪撕开了墙壁，将里面的人和碎片胡乱抛洒在地上。

相柳在城外满意地看着涂山在梼杌摧枯拉朽中一点点坍塌、粉碎。这一次，他不费一兵一卒，胜利是如此轻松。

"把五色石带回来，我们就能破解传说中的秘密。"

他给梼杌重复着命令,"把涂山的巫女也带回来,她应该知道一些办法。"

应龙发出一声长啸,直冲上天,现身双翅巨龙,和怪物扭打起来。

女娇想要冲进摇摇欲坠的城堡,被文命一把拉住:"危险!"

女娇甩开了他:"我是涂山的巫女,生来就是为了守护五色石!"

文命追了上去,紧随着他的是少年倕。奚仲没能拉住他,手里捏着一片撕碎的衣襟。

"疯了疯了!"契顿足,"你去看好你的马车!这里先用不上你,老子上去看看!"

几个人在城堡的通道里狂奔,夯土的碎块和石头纷纷坠落。应龙和梼杌的激战之声,震得人站立不稳。它们每次撞到城堡上,又轰然坍塌一片。

女娇点燃了蓍草当火炬,跑在最前面,她已经看到了那道密室的门,五色石就在门后。

忽然，文命紧追上来，把她扑倒在地。菩草的火炬化作纷纷扬扬的星火。

一只巨大的利爪撕开墙壁，直接撞入了密室。然后拖带起一连串的塌方和落石，退出了城堡内部。

五色石，已经握在怪物的手中。

女娇拔出了她的鹿角短刀，跃出了城堡的破墙。文命也随即跳了出去，他把长矛高高举起，向梼杌的头顶击去。想要跟着跳出去的倕，被契死死压在地上。

应龙发出了雷鸣般的怒号，但已经来不及了。梼杌的另一只爪子轻而易举就抓住了少女，在应龙扑上来之前转身逃走了。

文命呆坐在一片废墟里。在义无反顾跳向怪物的瞬间，他看清了怪物的面孔。那是他无数次在梦里见过的父亲化作的怪兽。

"是他……"他向着应龙说。

应龙收起了翅膀，望向正在缓缓退却的敌军方阵："我知道。"

这一夜，涂山死伤枕藉，哀哭动天。

文命看到了那个小女孩，她静静躺在一堆死去人中间，红头绳覆满了尘土，又因为沾上了血而几乎变成了暗黑色。

族长断了一条腿。他仿佛一夜之间衰老了几十岁，颓然坐在城堡废墟中。大巫站在他身边，默然不语。

几代人的经营，一夜之间灰飞烟灭，丝毫没能保护他的族人，也没能守护宿命中的五色神石。

倕缓缓经过他的身边，捡起了一张弓，又捡起零散的箭，他在废墟中这么走了很久，终于把自己扎束成了全副武装的样子，跌跌撞撞向城外走去。

奚仲拉住他："你要做什么？"

"去把女娇救回来。"倕咬着牙。

"你疯了？"奚仲摇晃着他，被他甩开。

文命拦在了倕的面前："你一个人救不了。"

倕昂着头，红眼瞪着文命。

文命抓住了他的胳膊："想要救她，就听我的。"

文命走到族长面前时，他都没有抬起头。

"我要去夺回五色石，救回女娇，给所有人报仇，你愿不愿意帮我？"

族长茫然地抬起眼，看着眼前这个少年。

文命没有等他的回答，而是转向了所有人："我要去夺回五色石，救回女娇，给你们报仇，你们愿不愿意帮我？"

族长眼睛亮了一下，随即又黯淡下去："天命要抛弃涂山，人已经尽力了……人力挽不回天命……"

"如果真的相信天命，你们为什么耗费几代人的心血，筑造这样的大城？你们为什么不听从天命的安排随意生死，而是费劲辛苦，开辟大荒？"文命指了指涂山城堡残存的高塔喊道，"你说，你们真的相信天命？"

"你说，怎么才能打败他们？"丁庞站了起来。

"我需要一支军队。"文命说。

丁庞低下头去："涂山……没有军队。"

"会有的。"文命说，"你们能战，而我知道怎么作战。"

越来越多的人聚拢了过来，文命从他们的眼中看到了热切的希望。但丁庞却摇了摇头说道："就算你学过兵法，也没有临敌的经验。"

文命苦笑："经验么，那玩意儿越多，顾忌也变得越多。"

"你打算怎么办？"

"追上去，打垮他们。他们以为大获全胜，想不到我们惨败之后还会反扑。他们以为我们人类胆小、懦弱，不敢跟他们在野外作战。所以他们想来就来，想走就走，所以他们毫无戒备。我们应该在野外追上他们，一口气都不歇地追上去，把他们消灭，让他们尸横遍野，让他们也悲惨嚎哭，再也不敢随意踏足涂山！"

"可是他们有可怕的怪兽……"

"怪兽交给我和应龙。"

"我们的斧头砍不动他们的厚皮，我们的长矛刺不穿他们的铠甲。"

文命从地上捡起一片碎片："我觉得，不一定。"

他把那块石头向着太阳举起来,眯着眼看上面流淌的光泽。

"那是什么?"倕问。

"我猜得不错的话,是五色石的碎片。"

文命把碎片交给了倕,倕又传递给了奚仲和契。这是他们第一次见到传说中的五色石。

倕露出了大惑不解的神情:"你确定这块石头是五色石的碎片?涂山周围,有很多这样的石头。"

"万分确定。"文命肩上的应龙道,"龙的眼睛不会看错。"

"刚才看到五色石的那一刻,我才有些明白……如果我没猜错的话,五色石并不是这一块石头。"文命指了指周围的群山,"而是整个涂山。"

"整个涂山?"众人不解。

"对,整个涂山都是百金之矿!"文命眼里有一丝狂热的色彩,"你们知道五色石是怎样炼的吗?是娲皇用瑶池之玉合昆吾之山混炼而成!你们知道昆吾之山就是战神蚩尤炼兵的地方吗？"

应龙陷入了古老的回忆："我的血里，传承着祖先的记忆。很多年前，蚩尤带着蛮族人，熔化昆吾山的矿石，制成武器，比最坚硬的石头还要硬，比龙的爪牙还要锋利。但是蚩尤被击败之后，制作这种武器的方法就没人知道了。这种武器，叫作青铜。"

"明白了吗？"文命大声道，"倘若人人都持有青铜神器，人就可以轻易砍伐巨木、开凿石头，可以穿透最坚硬的铠甲。人就可以跟神一样有强大的武力，不会被妖魔随意征服……如果天下人都掌握了这种东西，我猜，这就是预言中所说的，人神易代！"

契忽然叫道："我想起来了！西方的游牧人也说过熔炼这种石头的方法，但是在商邑找不到这种石头……"

奚拍了拍脑袋："那些骑马人走得很远，薛邑也遇到过。"

丁庞往前迈了一大步："我们可以马上去开采这些石头，熔化它们，打造传说中的兵器！"

倕仍旧是摇头："熔化石头，需要建造专门的炉子，要花几天几夜等它干透。还要收集木炭……我们没有时间，来不及了。"

"来得及。"文命拍了拍肩膀，"我们不需要炉子，我们有一条龙。"

涂山在一片废墟中运转起来。

人们从山中开凿矿石，应龙不停喷出大火，前所未有的火光，连淮水都照得通明。

长矛、短剑、兜鍪、箭镞、胸甲，一件件从铸造的模具中取出，并打磨得闪闪发光。倕和奚仲一夜没有合眼，监督着所有的工作。

第二天黎明降临之时，一面旗帜在晨光中展开了，上面画着一条九尾的狐狸，这是涂山氏的图腾。

五百名乡丁，在故土的废墟上列阵。他们又一次唱起了古老的歌谣：

绥绥白狐，九尾庞庞。

跋山涉水，来我淮滨。

绥绥白狐，九尾赫赫。

载歌于涂，乃稼乃穑。

绥绥白狐，九尾扬扬。

家室于斯，我都攸昌。

虞都，祝融的大军正源源不绝地开出东方的城门，向彭、薛之野进发。

舜天子站在城头，看着大军滚滚而去。那些曾经追随黄帝、颛顼战斗的旗帜，猎猎飞舞着，仿佛永远不可阻挡。

南方的天空，阴沉的乌云越来越浓，越来越低。

舜天子看着恩威难测的天空，忽然说道："这天下的一切已经开始改变了。"

第六章

凡人不屈

"他们此去有什么征兆吗？"族长问。

大巫摇摇头："天命已经偏移，占卜没有效用了。"

涂山的妇孺，目送着这支队伍踏上了征途，直到旗帜隐入森林背后。如果他们不能回来，涂山从此就不存在了。

"这一趟，九死一生，你们其实不必同去。"队伍里的文命对奚仲和契说。

"他还欠我一个鞣轮之法，我一同去，保他不失，不然向谁要这笔账？"奚仲驾着马车，头也不回。倕坐在他旁边，一声不吭地整理着箭矢。

"我的理由比你简单多了，只有四个字。"契扛着一把长戈，笑道，"来都来了。"

丁庞大步走在文命身边，一直不做声，终于忍不住问道："五百对三千，你真的有把握？"

"你要听实话吗？"文命斜睨着他。

"当然。"

"如果我跟你说没有，你会不会带着你的族人回去？"

丁庞一愣，随即摆首："倕不会回去，他从小把女娇看作阿姊，拼了命也要救她。我就算把其他人带回去，涂山残破至此，也只有逃亡，或者甘愿做共工的臣属而已。能活几成，也是未知之数。"

"既然如此，就信我。"文命身上忽然充盈着一股激越飞扬的气息，"天命，该我们自己去取了。"

应龙在他肩膀上打了个响鼻，指了指自己的喉咙，努力发出了一声沙哑的喉音。

"哦，对，对，你喷了太多火，出发之前，应该向大巫求一些去火的草药。"

共工的军队在道路留下了清晰的痕迹。乱七八糟的脚印、累死或病死的士兵尸体、妖兽掉落的粗糙毛发、又脏又臭的排泄物，还有被吃掉的人或者动物的骨头。他们经过的道路，在气味消散之前，野兽和鸟都不会穿越。

到第七天的时候，这些痕迹变得越来越清晰和新鲜，他们知道敌人离他们不远了。

前面是一座横贯东西的山脉，名为空桑之山。穿过山脉，就进入共工盘踞的大泽了。

黄昏时分，文命追上了相柳的大军。他们停伫在山前一片干燥的谷地。显然，他们打算在这里歇一口气，然后返回南方的领地。

相柳向共工派出了信使，带去了摧毁涂山夺得五色石的消息。

夜色降临，黑暗笼罩了从幽州到大泽的广袤土地。

大泽之中，巫支祁感应到了北方正在发生着他所不能了解的变化。

"祝融之师出动了？"共工在他的宝座上发问。

巫支祁从昏昏跳动的烛火后露出苍白枯瘦的脸："有杀伐之气聚集在彭、薛之野，舜想在那里和我们决战。"

共工大笑起来："真是越来越孱弱了。我还以为他们会挥兵南征，在涂山之南一决胜负。既然他们不肯来，我们便去！"

"但是，有人来了，已经逼近了空桑之山。我似乎能听到他们渺茫的歌声，是九尾狐的歌声。"

"他们是什么人?"

"我辨别不出他们,似乎有微小的神血气息,也许有一个人,或者两三个。我猜他们大部分都是凡人。"

"居然有凡人靠近空桑之山?"共工诧异着,"这倒是几百年未曾见过的奇迹。"

一颗大星拖着扫帚般的长尾,向天边坠落。

第一卒的乡丁,在丁庞的率领下最先靠近了相柳大军的营地。没有人在放哨,也没有巡逻的守卫。营地里回荡着此起彼伏的鼾声。

涂山的勇士们一齐点燃了火把,向营地里投掷过去。

火把迅速点燃了草木,也点燃了营帐。共工族人从兽皮营帐中跑出来,跟露天而宿的妖兽们乱哄哄撞在一起。火光在黑夜中炫目而灼人,让他们既恐慌又困惑。他们不知道受到了谁的袭击,有多少敌人,从什么方向来,只是在火光中乱窜,互相诅咒、冲撞、撕咬和砍杀。

五百人发出了呐喊,冲入了混乱的营地。长矛手在中间,一边奔跑,一边努力维持着横队。左右两边的人手持盾牌和短剑。共工的士兵们惊讶地看着这些人类，不敢相信他们居然会尾随来到空桑山下，并且还发动了进攻。

他们还没来得及从震惊中回过神来，一种前所未有的、锋利的痛苦就在身体上蔓延开来。

从前，这些孱弱的人类手持木棍和竹矛，最多有燧石或兽骨制成的矛尖和斧头。他们徒劳地挥动手里的武器抵抗，并不能妨碍共工的士兵把他们掀翻在尘埃里。

现在，这些凡人手中的武器轻易地穿透了他们身上披着的牛皮和犀甲，把他们的手脚像秋风撕扯树叶一样从身体上撕下来，甚至斩下头颅——头颅的主人还不知道发生了什么。

丁庞大步走在第一排，一手持戈，一手持盾，呐喊着约束第一排青壮的队列，保持队伍的紧密。其他人排成同样的横排，跟在后面。闪着寒光的长矛和剑在暗夜中跳跃闪烁，让这个方阵像一只尖牙利齿的猛兽，绞杀着碰到的一切生物。无论是共工族人还是妖兽，都无法反抗这样的碾压。几个妖兽战士试图凭借个人的勇武冲杀进来，刚刚躲过一支长矛的刺杀，就被旁边的矛尖刺穿了胸膛，或者被剑割开了喉咙。

到处是乱哄哄的敌人，他们的身影遮蔽了所有人的视线，耳中只有他们的吼叫，鼻息里充满血腥。他们确实比凡人更加顽强，即便被长矛刺入身体，依然挣扎着想要夺走兵器，有的甚至就抓着矛杆直扑上来，把人撞倒一片。

终于，第一排也出现了缺口。

"第二排补上去！"文命在阵中大吼。

一些逃远的共工兵士，开始在首领的呼喝叫骂之下集结，胡乱找一些武器，就结成了阵。逃散的敌人碰到他们，也冷静下来，加入进去。那些军阵正在逐渐稳固、扩大，相互靠拢，准备联合成更大的军阵。

"冲散他们！"文命向身后挥舞着长矛，矛头挂着白色的九尾旗帜。

奚仲的马车从阵中奔出。倕在车左，他在车厢里挂满箭囊，还有两把备用的弓。契在车右挥舞着长戈。他们向正在集群的共工士兵们冲了过去。那些刚刚集合在一处的兵卒抵不住马车的冲击，只好四散逃开。应龙也飞在半空，用巨大的尾巴扫荡着敌群，把他们驱散。

几个首领挥舞着斧钺，还试图阻止四下乱窜的士卒，但涂山的方阵已经从背后压了上来。他们只好也逃向更远的地方。

忽然，眼前的敌人都不见了。挡在涂山人面前的，只有瘦高的相柳。白衣的女娇被反绑着双手，簇拥在相柳的侍从中间。

相柳的背后正升腾起迷雾。

倕把弓拉到了极限，死死盯住迷雾前面的几个身影。他努力平复自己的呼吸，却止不住胸口剧烈起伏。

"你还好吗？"文命的目光，也死死锁在了女娇的身上。

女娇的脑海中闪过了无数的念头，惊喜、担忧、恐惧、感激，种种滋味，一涌上来。许多话滚到嘴边又说不出来。

这个来历不明的人，总是冷着脸对她的人，竟然带着涂山族人，一路追到了大泽之北，空桑之山。

良久，她终于回应道："我阿父、阿母他们没事？"

"凡人果然啰啰唆唆，懦弱无能啊。"相柳向天空张开双臂："应龙，你以为凭你和这些凡人就能打败共工吗？"

"他们不是从前的凡人了。"应龙在天上隆隆地回答道。

"哦？那你们告诉我是什么凡人有这样的胆量，敢到空桑之山，袭击我相柳的军队，挑战共工的威严？"相柳不紧不慢地问，他的声音不高，却清楚地传到了每个人的耳中。

文命从队伍中迈出一步："有崇氏，姒文命。"

然后是丁庞："涂山，丁庞！"

"涂山，师倕！"

"薛邑，奚仲！"

"商族，契！"

"涂山，磐！"

"涂山，乙江！"

……

"很好，你们当真可以做我相柳的敌手。"

共工族的号角吹响了，重新集结的共工士兵从迷雾中走了出来。这一次，他们结成了同样的军阵，点燃了火把，黑色的军旗像低垂的秃鹫翅膀。

"他们刚刚被我们打垮了，丢盔弃甲，跑得连命都不要，你们还记得吗？"文命指着对面黑沉沉的军阵，向涂山的勇士喊道。

"记得！"

"他们也会受伤、也会死。"文命的目光扫过一排排和他勇敢对视的眼睛，"他们无处可逃的时候，也像羊一样恐惧。"

队伍哄笑起来。

文命高举起长矛："我们能把他们打垮一次，就能再打垮一次！"

"再打垮他们一次!"所有人回应着他的呐喊,"为了涂山!"

两条线列开始加速,沉重的呼吸声和脚步声越来越急促,然后爆出了呐喊。涂山的刀盾手先投掷出一排标枪,将最前面的一排敌人钉死在地上。两支军队在旷野中狠狠撞在一起。

"不够,不够,所有人压上去!压垮他们!"相柳吼道。

两边都堵上了全部的力气,盾牌互相推挤着,长矛互相攒刺。涂山的阵营中,不断有人号叫着倒下,被拖到后面。而共工的伤卒,被不管不顾地踩踏在脚下。

奚仲的马车向战线的侧翼奔驰而去,从右往左,在共工士兵的背后横穿了战场。共工族人射出的零星弓箭,在暗夜中对奔驰的马车造不成任何威胁。反倒是车上不断射出准确的箭矢,不断放倒黑旗下的士卒。

在军阵的尽头,马车掉了一个头。这次,车右面对敌人。奚仲又一次加速。契把长戈从车厢侧面平伸而出,像一把镰刀,将要收割敌人的血肉。

一个共工族人的首领挥动旗帜，让侧翼的族人和妖兽转过身来，面向奔驰的马车。他看到那个持戈的年轻人眼睛里闪着狡黠的光芒，锋利的戈刃几乎贴着他们的鼻子划了一道弧。

马车同时也在战场上划了一条弧线，向女娇所在的地方直奔而去。

倕的箭矢，准确地射倒了离女娇最近的侍卫，余下的还在慌乱中，有的扑向相柳，想要挡在他面前。女娇猝然弹起，向马车奔来。奚仲猛地兜住缰绳，两匹烈马身形急转，车轮在地上侧向滑出，在相柳的眼前掉过头。

女娇一跃而起，恰好被倕和契接住。

奚仲欢呼一声，得意地又一催马。相柳嗯哨了一声，迷雾中，巨大的梼杌冲了出来，几个腾跃，向马车挥出了利爪。

"老朋友，你终于来了。"应龙从空中直扑而下。两只巨兽，天崩地裂地扭打在一起。

"相柳大人，我们退吧！族人伤亡太多了！"一个退下来的首领，浑身是血，几乎站立不住。

"退不得！自古孱弱的凡人，竟敢追袭我们的军队。不把他们全部撕碎，会有更多的凡人敢跟我们作战！主上争夺天下的大志就施展不得！"

"我们的血要流干了！"首领扑倒在地上哭号。

"他们也一样！"相柳吼道。他挥起斧钺，斩下了这个首领的头颅，然后向守在身边的侍卫们喝道，"我这里不需要侍卫，你们要么去把敌人首领的头给我砍下来，要么提着自己的头回来见我！"

马车绕开锋线，来到涂山人的背后。

俚忙着给女娇松开捆绑，

"你不要紧？"文命灼灼地看着她。他的脸上，再也没有那种冰冷的颜色，只有少年人所有的热切。但眉宇之间，又多了几分飞扬桀骜的神色，让她没来由感到一阵心慌。

"你不要命，我们涂山的族人也不要命吗？"女娇切齿。

"把眼前的敌人打垮，我们自然有命！"文命道。

他一把拉过倭："照顾好她！"又向奚仲和契低声吼道："如果我撑不下去了，带她回涂山！然后……去虞都。"

女娇刚要说什么，文命忽然向她露出一排白牙，笑了一下。然后，头也不回地转身踏入战阵。

女娇待在了原地，脑海里翻过了无数念头。这是个什么样的人，居然带着一群人追杀共工的军队，一直追到空桑之山。向来孱弱的凡人，在他的带领下，竟然能把共工族人和妖兽打得溃不成军。一夜之间，羊群成了野兽，猎物成猎人。

文命的背影穿过了军阵背后已经略显稀疏的行列，向战阵的前排挤过去。女娇听到了他的呐喊，跟涂山人的呐喊融为一体。

"我们会一起回涂山。"女娇说。她甩开倭的手，抄起弓，坚定地向军阵中走去。

应龙和梼杌在上空互相撕咬，鳞片和毛发纷纷落下，落在厮杀的两军阵中。

相柳向南方的天念动了咒语。这咒语被大泽之中的共工听见了,他向着北方举起双手,念诵起同样的诅咒。

巫支祁脸上闪过一丝惊恐的神色,随即咬牙道:"不愧是相柳,狠得好绝!"

当相柳的咒语停止,闷雷一般的响声从空桑之山背后传了过来。一条白线越过了山脊,遮蔽了天空,然后,像雪崩一般向着谷底崩腾而来。

是大泽的水。

山谷之中几乎无处可逃。

"相柳想要引大泽之水,同归于尽!"应龙大惊之下,被梼杌抓住了破绽,撕咬出鲜血淋漓的伤口。他终于力不能支,从天上坠落下来。

地上尘烟四起,应龙艰难地抬头,看见相柳在唱诵中,身体暴胀,化身为一条九头巨蛇……

文命刚刚奋尽全力打倒了一个扑上来的妖兽头目。他的长矛早就断了,剑也只剩一半,应该是折在了某个敌人的颅骨上。盾牌不知道飞到了哪里。他的两只手都疼痛难耐，几乎抬不起来了。

即便强壮如丁庞，也榨干了力气。

女娇在阵中又射出了一箭，将一个挥舞着斧头冲上来的共工族人射倒。她的手指已经被弓弦割得皮开肉绽，裹了一层又一层布条，鲜血依然淋漓渗出。

身边人忽然发出了惊呼。文命转过头去，看到浪头从山顶倾泻而下。他急忙去怀里掏出息壤，在脚下筑起一座小丘。

一团黑影扑了过来，他只来得及举起断剑想要挡上一下。梼杌探出利爪，把文命从阵中掠走。

文命用断剑徒劳地挥舞。梼杌把他举起来，放到了眼前。

"吃掉他！"相柳的一个蛇头凄厉大叫。

梼杌的眼里奔腾着灼热的岩浆，张开了巨口。

文命挣扎着，将手中盛放息壤的玉瓶丢向女娇。

相柳一个蛇头灵动至极，把玉瓶卷在了舌信之上。

女娇惊呼一声，尽力射出最后一箭，相柳又一个蛇头一挡,任由箭矢射在蛇颈上。

然后,卷着玉瓶的蛇头,口腔里喷出一股乌黑黏稠的毒液,只见玉瓶在变形腐蚀,终于破碎……其他八个蛇头的嘴里都吐出一团炽热的焰火,交击在一处,发出雷霆般的炸响。那唯一的息壤在爆炸中卷起了一阵尘暴,一个稍大的颗粒,化作了一座小丘,瞬间镇压了相柳那卷玉瓶的蛇头。但大多的息壤只是灰烬,落在了梼杌的身上、文命的身上,飘向空桑之山,终于化作无形。

文命耗尽了最后一丝力气,疼痛和疲惫袭来,好像浑身的筋骨都断裂了。他松开了手,断剑坠落,放弃了抵抗。

已经尽力了,宿命到此为止吧。

他努力睁着眼睛,看着梼杌将他送入口中。

梼杌突然停顿了一下。文命的血流淌在它的身上,流进底下仿佛奔突着岩浆的皮肤裂隙里。岩浆从它的身体中和眼睛里熄灭了。它的巨口慢慢合拢,呼吸也好像暂停了一刻,然后缓慢地吐出了一口长息。

"梼杌！"相柳惨号。他迅速感受到异样，九首毁了一首的躯体腾地而起，但其中一个蛇头被梼杌突然击碎。

文命昏倒在地上。

当他醒来的时候，眼前是女娇的脸。她的白衣几乎被染得通红，让他以为自己先前看到的是一团火。伤痕累累的应龙蹲在她的肩膀上。

战场已经安静下来。大水淹没了一切，战死者的尸体、破损的武器、焚烧未尽的营帐，都在水面上漂浮。

活着的人栖身在一片被水包围的高地上——就是最后的息壤筑成的那座小丘。文命被簇拥在人群中。

"我们胜了。"

梼杌杀死了相柳，将他其余的蛇头撕得粉碎。

大水也将共工的士兵席卷而去，残余的士卒终于崩塌了所有的意志和勇气，向南方逃走。

太阳升起来了，霞光映照在空桑之山。大水滔滔，淹没了所有原野。

已受重创的梼杌慢慢不支，巨躯坐倒在地上，斗大的圆眼变得暗淡、柔和，然后，化为了披着赭黄衣的鲧。

"老朋友，好久不见了。"鲧向一身残破的应龙笑着说，然后向文命招招手，让他对面坐下。

"父亲。"文命颤抖着，看着眼前这个陌生又在梦中相识的男人。他的眉眼仿佛是另一个自己，只是眼神中有更深沉的愁苦和忧虑，蓬乱的头发和胡须已经花白。

鲧摸了摸他的头。

"你长大了。"

"我长大了，阿父。"大颗的泪水从文命的眼中滚滚而下。十多年来，所有人都跟他说，一切都是天命，都是上天的安排。天命公平无私，所以不要怨恨，不要抗拒，只要顺应。所以，他已经接受了一切，羽山的血与火，只是一段过去的、天定的故事。

直到有一天应龙告诉他，父亲还以怪兽的形态存在世间，他才开始想象自己的父亲，想着他所做的一切和付出的代价。

"你一定有很多问题想问我。"鲧微笑着说。

"是的。"文命迎着他的目光,"贤明的帝尧都说你犯了大错,天下都怨恨你,我想知道,到底是他们错了,还是你错了。"

鲧摇摇头:"这不重要。"

"为什么?"文命愕然。

鲧抬手,指向周围的滔滔大水:"你看这滚滚波涛,它们源于昆仑之山,漫延万里,勾连大泽,最终汇于东海。天命轮转,便是如此。身死族灭,也不过是其中浪花一现而已,又何必苛求一时的对错曲直?"

然后,鲧把手放在文命的肩膀上:"为天下人治水的使命,我没做到……就交给你了。治水的人都该有名号。从今后,你就是禹。"

"可是……息壤已经没有了。"

鲧摇了摇头:"你看你身边,都是凡人。凡人虽然没有神力,但是有勇气和智力。去掌握水的秉性,了解山川地形,因势而治水,持以恒心必有功成之日。治水是为了天底下的人,那就要依靠天底下的人。去带领他们吧。"

他指了指身边的青铜兵器:"五色石已经出世,你们也参透了它的秘密,神人易代终于开始了。禹啊,你的功业将成,好自为之吧。"

"老朋友,以后的事,也托付给你了。"鲧向应龙微笑道。然后,他念着大禹的名号,声音越来越远。水上一阵风来,身形化为黄沙飞散。

第七章

大禹受命

大星陨落，血色浸满了南天。

虞都和大泽之中，同时感受到空桑之山的剧变。

舜天子看着天空中的星图，喃喃道："鲧？怎么是鲧？一个半神要死两次吗？共工的大臣相柳也死了。他们的星光消失了。"

舜身边的巫师天官也在占卜筹算："在鲧和相柳的气息消散之地，有一股气运在升腾。"

"我也感到了。我打算去一趟涂山，身为天子，逢此变乱之世，也该出巡了。"舜说，"让祝融的大军也南下吧，流淌着神血的战士，总不能躲在凡人背后。"他抬眼向着虚空的南方，"天下如果真的要迎来剧变，那我要亲眼看着它到来。"

十几只木帆，沿着泛滥的淮水向涂山行进。

空桑之山漫出的大水淹没了所有的道路，他们不得不舍弃了所有战死者的遗体，还有沿途伤重不治的伤员。剩下一百多人，人人带伤。

奚仲的马车，现在也成了某只木筏的一部分。

"阿母的占卜果然又应验了，几百年来的洪涝尚未退尽，又是滔天的大水……"女娇惘然地望着无边无际的水面。

她突然听见文命唤她的名字。她转过身去看着文命——现在他自称是禹。那张年轻的脸上，显出了从前未曾有过的坚毅。她忽然又感到一阵眼热心跳。

"有生之年，我们一定可以把水治好的。"禹说，"阿父跟我说的治水的深意，我已经领悟到了。"

凯旋的人回到涂山时，白衣的大巫在祭坛点燃了篝火。

祝融的大军已经抵达，营帐漫山遍野。

这是很多人第一次见到虞都的半神大军。他们身材高大健壮，每个人都像山一样魁伟。他们身上有花纹繁复的铠甲，上面盘着龙、凤鸟和饕餮。长矛如林，旌旗如火。

奚仲和契都看直了眼，丁庞也目瞪口呆。这样庞大的军势，仿佛有吞灭一切的强大力量。他们毫不怀疑，只要这支军队愿意，马上就可以把他们像碾死一只蚂蚁一样消灭。

"这支传说中的大军，已经很多年没有出现在虞都之外了。"应龙说。

木筏一顿，触到了水底的泥沙。禹第一个跳下来，踩着水走上岸去。他身后是剩余一百多名伤痕累累、弃甲曳兵的涂山乡丁。

威武的虞都大军凝然不动，所有人的脸上都毫无表情，只是默默注视着这一支几乎像是打了败仗的乱哄哄的队伍。即便是奚仲和丁庞诸人，一时也不知道该如何进退。

女娇向着涂山城的方向眺望，只看到祭坛上跳跃的火焰，以及母亲的白衣身影。

"把涂山的旗帜打起来。"禹沉声道。

一面九尾白狐的破烂旗帜展开了，挂在断矛的顶端。

"请丁庞大人下令，向涂山进发。"他向丁庞高声宣示，而丁庞用尽全身气力，重复了他的命令。

队伍开始移动了,先是禹、女娇和丁庞诸人,然后是整个队伍。他们踉踉跄跄,互相搀扶着,从祝融大军的眼前走过,沉默着向涂山行进。

忽然,从这些依然目不斜视的祝融大军中,爆出了一声整齐的呼喝。

"万胜!"

"万胜!"

"万胜!"

这是战士对胜利之师的欢呼。丁庞从那些面无表情的半神战士脸上看到了敬佩的眼神。他深吸了一口气,努力挺直剧痛的腰背,向前走去。更多的人像他一样,努力让自己站得更直,走得更稳一些,穿过这些天下最威严的战士的注视,向涂山城走去。

在祭坛下,禹见到了舜天子。祝融在舜的身后,向他微微点了点头。

"五色石的秘密,原来比我们想的都要简单。"舜天子道。

"天子想要收回这个秘密,就像神收回息壤一样吗?"禹问。

舜摇了摇头:"此是人间造物,人力造化,如何能假借天命夺之?这炼化铸造的办法,我会让虞都的司工来学习。"

禹行礼称谢。

"往后你想做什么?"舜问。

"平定共工,治理天下的水患。"禹昂首看着舜天子,"我愿意穷尽毕生,为天下人试一试。"

"这天下的水患,你将如何治理?"

"江河都流向东海,只要引导江河的流向,疏通流水的阻碍,就能让水流向该去的地方。"

"导水入海,这个想法或许是对的。"舜沉默片刻,又摇了摇头,"可惜这是移山填海之功,非人力所能为。"

"所以不能只靠一个人,而是要让天下人一起来做。"

"凡人怯懦无力,各怀私利,你想依靠他们?"

"我从北方行到涂山,又从涂山追逐到大泽,我看到四处的人们流离失所、饥寒交加,为一点儿食物苦苦挣扎。好不容易耕作一点儿田地,建起家园,又被大水席卷一空。他们为了活命已经竭尽全力。"

帝舜不语。

"一个不知道明天会不会挨饿,会不会死的人,他只能祈求活着,有一点儿吃的。他是绝望和侥幸的奴隶,不会有尊严,也不会有想法。"禹接着说下去,"但是人不该生生世世一直这么活下去。"

"我就是要给他们希望,给他们念想。有了念想,就能集合天下人,一起做成一件事。"

舜天子沉默了很久,然后问族长和大巫:"涂山以为如何?"

女娇上前一步,刚要开口,就被父亲的目光狠狠逼了回去。

大巫向族长点了点头,族长深吸一口气,俯身下拜:"涂山愿意以全族之力听从驱策,为天下人一试。"

"既然如此,"舜仿佛终于下定了决心,他站起来,向众人宣布:"舜代天之命,任用禹为虞都的大司空。从明天开始,征调民力,治理洪水!涂山一族,和应龙神瑞一起,辅佐司空,早日收得治水之效。"

禹与涂山一族,向舜天子下拜应诺。

自此,禹就被叫作大司空禹,简称大禹。

涂山为远征队伍庆祝的夜宴持续到了黎明。

第二天,祝融的军队开往大泽之北驻扎,防御共工的侵袭。禹目送他们的队伍绵延不绝,向南方开进。

"这可能是这支流淌着神血的军队最后一次出征。"祝融临行前说,"以后的天下,就交给你们了。"

契与奚仲与涂山作别,返回他们的部族。

舜天子也将启程返回虞都,他在城外独自召见了大禹。

"以一人之志为天下人之志,合天下人之力为一人之力。"舜说,"这是你父亲的意志。"

"是。我以为要治理天下的洪水,只能靠天下人。"

"你可以知道这是上干天和,大逆不道?"

"知道，但是没有别的办法。"

舜沉默了片刻："我不是来和你讲天命天意。帝尧曾经忧心，倘若他愿意为天下人奔走造福，固然是好事。但是人心容易被私欲侵蚀，贪念一生，那么集合天下人之力为一人的公心，就会变成剥夺天下之利供奉一人的贪欲，天下人不能反抗，这就是共工的邪道了。鲧之志和共工只有一叶之隔而已。你会如何做，才能不入歧途？"

禹沉默了，随即争辩道："我们跟共工不一样！"

"就算你不会变，又如何保证之后的人不会变？"舜问，"你有万世不易的办法吗？"

禹沉默得更久，一直到天色光明。黯然道："人心确实会变，没有办法。"随即又昂首："然而如今的天下，只有这一条路，能够解救万民于洪涝之灾。"

舜微阖双目："我不知道这是新世道的开始，还是变乱的根源，天意没有给过启示，我也无法看到未来的事。天下万民苦水害已久，希望你好自为之。"

涂山开始重建山城，大禹的治水大业也开始了。

"倕，我需要你打造一些机械，便于搬运泥土、木材和大石，七日之后齐备。"

倕点头领命。

女娇给大禹准备了柔软干燥的羊皮和墨笔。然后，大禹就骑在应龙的背上飞走，七天七夜之后才回来。

他在灯下给众人摊开了羊皮，上面用墨弯弯曲曲画了许多线条。

"这是从天上看到的河流。这是河水，这是淮水，这条从西边来极长极长的，是江。这些石头一样的地方是山，这些地方是大泽。"他兴奋地解说着他的地图，"倘若我们在这些地方改曲为直，河流就不会淤塞。在这些地方凿开山岭，大泽的水就可以排入河川。最终，它们都会向东流入东海。如此一来，天下的洪水就会退去。"

族长思索着，问道："三条大河，你需要多久才能疏通？"

"治淮需要五年，治江、河，需要二十年。"大禹答道。

"治好之后，是不是天下就真的不会年年出现水患，人人可以安居乐土?"女娇问。

大禹笑道:"能不能安居乐土我不知道,我只想先把天下的水患平定,二十五年不够,就五十年、一百年。"

"那你岂不是还要让咱们的子孙也去治水?"女娇刚说完,便面色大红。

"自然是要的。"大禹还在发呆,应龙已经跳到地图上一迭声道。

众人哄笑起来。

族长一把拉住大禹的手:"我涂山的好女儿,配给你有崇氏的后人,你也不算吃亏!"

女娇怒道:"你们干什么!我要找什么样的男人,我自己有主意!凭什么阿父这样轻易许给他!"

全场鸦雀无声。

一直发呆的大禹讷讷问道:"你……难道不愿意吗?"

"我说不愿意了吗?"女娇恨恨瞪了他一眼。

整个涂山都沉浸在喜悦之中。

涂山的巫女,也就是族长与大巫唯一的女儿——女娇,将嫁给人间有史以来最年轻的大司空——禹。

涂山彻夜狂欢,酒香在淮水对岸都能闻到,还能听见那首族歌反复吟唱——

绥绥白狐,九尾庞庞。

跋山涉水,来我淮滨。

绥绥白狐,九尾赫赫。

载歌于涂,乃稼乃穑。

绥绥白狐,九尾扬扬。

家室于斯,我都攸昌。

歌声中,一对新人被送入洞房。

第八章

防风断首

倕迎来了他继任涂山司工之后最忙碌的时刻。

一边是开采和冶炼矿石,一边还要打造各种器具。他闭门几天几夜,画出了一堆图形。

"这是牛车,以木为轮,一头牛拉挽,可载千斤。"

"这是独轮车,一人挽,一人推,可以载二三百斤,适合在崎岖之地行走。"

"这是桔槔,简单易造,可以起重物,可以汲水。"

"这是滑车,铸金为轮,连以绳索,以人力摇动轱辘,可以起万斤。"

然后,大禹和女娇就看着他兴冲冲投入了这些新发明的试制。丁庞也不得不分了一队人,任他驱使。

与此同时,淮水周围的东夷各部都开始听从虞都的指示,将壮丁、粮食、牲畜,源源不断遣往涂山。

营帐在涂山之北搭建起来,连绵不绝。他们将在这里凿开涂山和荆山,使淮水东注。工地一片人声鼎沸,新造的牛车和独轮车,将土石运到河岸边。巨大的石头被上百名壮丁用凿子一点点打碎。倕满头大汗奔来跑去,指挥着人们架起桔槔和滑车。

砍倒的大树被拖到山下,那里炉火彻夜不熄,打造和修理斧凿铲镢。健壮的妇人烹煮好米饭、菜蔬和肉汤,将大桶的食物热气腾腾抬了上去。大巫和女娇也连月采药、熬煮,治疗伤病,防止瘟疫流传。

时序入秋,又入寒冬。

"什么时候才能把山凿通呢?"女娇在营帐中,看着灯光昏暗中的大禹还在地图上筹划。

"快则四五个月,慢的话还要一年。"大禹头也不曾抬起,脸上已经不少风霜之色,"人力太慢了,但也不得不如此。"

"好在祝融将军布防于南方,共工也就一直蛰伏,没有出来添乱。"应龙说,"只是再过三五个月,各部族便要壮丁回去耕作,农事不可违。"

"所以还要再快一些。"禹皱眉道。

禹赶到了虞都。

"我需要征发更多的人。"禹向宫殿中的舜天子禀道。

"司空大人，淮水周围各部的青壮，已经听从你的调遣了，治淮尚未见效，又要征发其他部族吗？"有大臣质疑。

"人力微弱，只能靠群聚之力。淮水五年，河水十年，江水十年，已经是最快的估计。二十五年，不知道还会有多少人遭受水害，多少部族覆灭，更不知道共工什么时候又会侵袭。"

"不是有祝融将军在南方抵御共工吗？你是觉得虞都的大军不可靠？"大臣们反问道。

大禹叹了口气："水害频繁，天下各邑年年遭祸，能有多少积存的粮食。加上长途支运的损耗，虞都的粮仓能支撑祝融四师在南方戍守多久？"

"那你想要如何？"舜天子发话了。

"征发天下各部，将河、淮、江一齐凿通，以十年为期，收治水之功。"

舜天子点头："既然如此，就去办吧。"

共工蛰伏在大泽之中。

"虞都的气运,越来越衰弱了。"巫支祁望着北方的天空,"相柳军破身死,未必伤及我族的根本,主上为何一直按兵不动呢?"

共工道:"我只在等一个更好的时机。"

"主上是说,中土将有变数?"

"舜是个好天子,可惜神人之分大势已定,虞都日益衰弱空虚。治理天下,不得不依靠凡人。禹为大司空,为天下治水,以人力与天力斗,必有崩坏的时候。"共工冷笑着说,"我们只需耐心等待。"

"那戍守在大泽之北的祝融?"

"他们是虞都最后流淌神血的战士了,然而劳师远戍,必不能长久。让我们的军队不断在大泽边境骚扰他们吧,让他们疲惫不堪,进退不得。"他大笑起来,"祝融再有神力,也无力回天。到时候,我们出大泽,西渡淮水,虞都便唾手可得。

三条大河流经之地的部族都动员起来了。大禹和应龙奔走于四方,为他们画定要疏通的河道、要掘开的堤坝、要凿通的山峦，还有可以泄洪的山谷。涂山培养的工匠，也被派到各处，教他们开矿炼金，铸造工具，打造器械。

第二年春天，荆山和涂山的水道终于凿开，涂山以西的涝水向东奔涌流泻。族长、大巫和女娇、倕、丁庞，都在水边欢庆着这个时刻，而大禹并不在这里。

涂山人都说，曾在城堡上望见大禹的旗帜来了又走，三过家门而不入。

涂山周围，洪水退去之后露出了大片的原野。有了倕制造的新工具，更多的土地被开垦出来，人们建立了更多的村庄。而大禹和应龙留下的兵法，也让丁庞把他的乡丁们锻炼成了真正的战士。

只是大禹再没有回来。一年又一年过去，族长和大巫渐渐老了。女娇接替了大巫，在每个月圆之夜在涂山的祭坛祝祷，站在九尾白狐的大旗下，等待着丈夫。

治理河水的营地里，防风氏的壮丁们决定回家。

他们已经在远离部族的地方劳役了很多年，很多人病死，很多人受伤、残疾，而疏浚河道的成功依然遥遥无期。

大禹在地图上给他们画了一个圈，这些人就把几年的时间、劳作都扔进了无底的黄河。大禹给他们的许诺和眼前的困苦比起来还是太过缥缈。

"不干了！我们要回家！"终于有人鼓噪起来，他们离开营地，毁掉了工具。

大禹派来的监工，一个东夷的年轻人试图阻止他们："你们这是逃亡！"

"我们又不是大禹的部属，防风氏听他的召唤来治水，也可以不听他的召唤。我们已经劳作了这么多年，只看我们的功劳，也该想走便走。"

"三年服一次劳役才算是仁德，我们远离家乡在这里苦熬了多少日子了！"

"田地靠女人耕种，再不回去都要荒了！"

人们七嘴八舌地叫道。

"你们是要把治水的大业毁掉！"东夷青年愤怒地

喊着,"我会向大禹禀告,他会派遣虞都的大军征伐你们!"

人群陷入了沉默。

"你再说一次。"一个防风氏的头领,披发虬髯,怒视着这个年轻人。

他慌张四顾,尊严让他无法转身逃走,而是喊了起来:"大禹会派大军征伐你们这些叛逆!"

随即他感到胸口一阵剧痛,他惊讶地低头,看到胸前一把刀柄。在他失去意识之前,他看到了更多的锄头、铲、木棒和石头。

几天后,防风氏的首领被带到禹的面前。应龙以神兽之势挫败了他们族人的抵抗。

"我的族人每天都在死去,我们耕作的土地在变得荒芜!我们已经为你劳作了很多年,凭什么不让我们回家!"首领带着血淋淋的伤口,愤怒地质问大禹。

"不把水治好,天下只会死更多的人,荒芜更多的土地!很多人会淹死,还有很多人会饿死!"禹比他还要愤怒,长年的辛劳让他眼睛充满血丝,皮肤粗粝得像石头,"我们苦苦经营了快十年,岂能在这时候轻易放弃!"

"我的族人已经死了很多……有的人连尸首都找不到……他们的家人……"首领的声音已经虚弱了。

"比天下遭受大水的人还多吗?"大禹吼道。

首领摇头:"可他们也是人命,我不能眼睁睁看着他们为一个没有希望的事白白死掉。"他突然昂起头,"我们防风氏,已经为你的大业做得够多了!"

"我知道,我知道。"大禹点头。

"我们确实是征调太多了。三年一次劳役是定法,否则就没有足够的人耕种五谷,百姓家中将要残破。"已经长成青年的师偯说,"我们已经压榨民力到极限了。"

"我当然知道。"大禹长长地叹息,"可是如果不早日治好洪水,一场泛滥,他们积累的粮食、财产,甚至性命,都会一起毁掉。"

他突然下定了决心:"将作乱的防风氏首领处斩,传首四方！"

应龙和师傁大惊。

"你敢！"防风氏首领激动得声音有点儿颤抖,"除非天子有旨意,否则虞都的大司空没有权力处死任何一个部族的首领！"

"我抓捕他回来是接受应有的惩罚,而不是把他杀死。"应龙在大禹的肩上也蒙了,"这有悖于……人之常情罢！"

"天下人已经在我的带领下治水多年,每一处都一样到了极限,每一处人民都怀疑有没有希望。"大禹咆哮起来,"不杀防风氏,天下人将群起效仿,从此再也没有可能号召他们一起来治水了！"

"所以我们更应该给他们希望,而不是给他们恐惧！"应龙跳离了大禹的肩,来到师傁的肩上回盯着大禹的眼睛,"这不是你,不是我知道的那个文命。"

"我是虞都的司空！"

"你要诛杀防风氏,就先杀我！"应龙现了巨身怒吼,鼻息狂风般吹得大禹衣袍飞扬。

"你以为我不敢吗?"大禹狂暴地拔出了剑,还没有巨龙的鼻子长。

"这样的禹,恐怕真的离……共工不远了吧。"巨龙像是在自言自语,"我因你父亲而辅佐你,但是既然已志向不同,也就到此为止了。"

应龙腾身而起,龙啸九天,在云端消失不见。

大禹失神了一会儿,剑黯然地落在地上。

防风氏终于还是被斩首,传于四方。

这天夜里,大禹梦见自己像父亲鲧一样变成了野兽。

"大禹的气息开始浑浊。中土的变乱,快要开始了啊。"巫支祁笑着说,他的身后是大片的迷雾。

果然,防风氏的死没能制止天下人的动摇,反倒激起了更多的抗议。

越来越多的人开始怀疑治水能否成功,从开凿的河道上逃亡。大禹再也没有足够的力量去征伐那些逃亡的部族。

天下又一次陷入了混乱。

舜天子在宫殿里陷入了痛苦的叹息:"果然……我还是错了吗?"他看见南方的乌云又一次聚集。

第九章

神世终结

民夫都走了，脚手架上昔日忙碌的景象不再。大禹看着一列列未开凿完毕的沟壑，就像大地上一道道伤口，裸露出皮肉。

大禹愤懑已极，一个人站在高坡上对着空荡荡的河道怒吼："你们真是凡人！活该是凡人！这是千秋万代的功业，你们只看得见蝇营狗苟的眼前……"他叫着叫着就哑了，"你们不做，我便是一人也要做！"

大禹被愤怒勃发着，须发皆张，来到一条未完河道的最前端，抓起一把青铜铲，对着岩石砸击起来。只见火花四溅，石屑乱飞，但他的愤怒一点儿都没有消减，直觉得体内的神血在沸腾，气力在飙升。

青铜铲都支撑不住，裂为碎片。

大禹烦躁地甩了铲把，索性用手开挖，挥手过去，反而更见成效……挖着挖着，大禹才发现自己的手是一对兽爪，原来……自己真的变成怪兽了，就如父亲一样。

奇怪的是，大禹的心里倒有一种快感。

力量！我要力量！我要更大的力量！

大禹怒吼连连，身体越变越大，宛若一头巨熊。巨爪拍下，原来的谷壁的脚手架都纷飞破裂，一条河道，竟由一个巨兽以肉眼可见的速度，在开挖向前。

只是这发狂的巨兽不知道，身后的几十丈外，站着一个白衣女子，惊愕地捂着嘴站着，涕泪涟涟。

"文命。"那女子喊。

巨兽听不见，还在奋力开挖。

"文——命——"女子叫得声嘶力竭。

巨兽停了下来，侧了侧头，慢慢转过来，巨大的瞳孔里，映出白色的衣裙。

"我是女娇啊。"女子哭喊。

巨兽显得迟钝迷茫，张了张巨嘴，发出的却是低吼般的喘息。

女娇一步步地向前。

女娇肩上的应龙开始紧张，跳到一边现出巨龙像，防止巨兽伤及女娇。

巨兽看看女娇，看看应龙，神态变幻不已。忽地摇头晃脑，用巨掌拍击自己的头颅……终于支撑不住，身躯倾斜，轰然倒地。

扬起的尘烟散去，女娇看见的是没有知觉的大禹。

共工开始行动了。

乘着中土民心与民力的凋敝。

他的大军倾巢而出。祝融的防线拉得太长，在漫长的戍边中太过疲倦，被轻易地打穿。

共工族人和妖兽组成的黑色军团打出遮天蔽日的旗帜，向北方挺进。

"退回去，守虞都。"在南方的山峰上，观察着黑色军队滚滚前进的祝融下令。他知道自己的军队已经无力和这支共工的大军在野外决战。

大禹苏醒的时候，眼前是女娇，空气中弥漫着草药的香气。

"女娇，你……我们在哪里？"大禹怀疑自己还在做梦。

"应龙把你我带回了涂山。"女娇说。应龙在她肩膀上一跳，背过去，摆出一副不想理会的样子。

"我没有死？"大禹看看自己的手脚。

"你没有死，你的事还没做完呢。"女娇握着他的手。在她身边，还有依然沉稳的丁庞，俚一副大病初愈的模样，显然这些年吃了不少苦头。

大禹翻身起来："我好像做了个怪梦，梦见自己变成了一头凶兽……梦见共工在笑，说就要与我相会了……"

"共工的确离开了大泽，进犯过来了。"丁庞道。

"告诉我，共工的军队现在到了哪里？祝融的四师如何？"

"祝融四师在退守的路上遭到袭击，损失不小，我猜现在已经退到了阳夏。共工已经从西边渡过了淮水，进逼桐柏之山。"丁庞给他展开了地图，一一指点。

"必须守住桐柏之山，这里山口狭隘，共工的大军难以展开。"大禹皱眉，"涂山还有多少能战的人？"

"不足三千。"丁庞道。

"诸邑、部族都没有独抗共工的能力，我们必须号召各部，一起击败共工，否则只能眼睁睁看着天下倾覆，所有人都要沦为奴隶。"

"他们会来吗？"应龙冷冷地问道。

禹低下头良久，终于又抬头道："我不知道，我曾经想用强力来迫使天下人听从我的号令，现在明白这是错的。恐惧只会让人心离散，各怀其私，恐惧无法让人为天下而战斗。真正能让人们联合起来的,只有共同的命运。凡人应该掌握自己命运。击败共工、平定洪水，然后一起建立一个清明安定的天下。"

"清明安定的天下……"女娇喃喃，"安定容易，清明实难，你相信你说的这些吗？"

"相信，不然，我们和共工有什么分别？"

"那么，涂山也会再相信你一次。"女娇说。

应龙跳到大禹肩上，"我愿意把你的话带到四方，去看看他们来不来吧。"

三千名涂山战士向西进发了。他们在阳夏和祝融会师，在桐柏之山的北面展开军阵，等待共工的到来。

从桐柏之山的顶上向南望去，黑压压的共工大军布满了原野。他们敲着巨大的牛皮鼓，但军阵的呼喊和脚步声甚至比鼓声还要震撼人的耳朵。

祝融的军队在左，涂山军在右，联成军阵，堵住了山口。

倕在山脊上布置了巨大的弩箭，将那些有巨大翅膀、善于飞行的妖兽驱逐出战场，无法攻击山隘口单薄的列阵。

这一夜，两边隔着山对峙。

"没想到会和凡人一起，迎来我们这支军队的最后一战。"祝融笑道。

"他们跟从前的凡人不一样了。"大禹说，"我把你教我的兵法传给了他们，他们又找到了新的武器。"

祝融嘿了一声："兵法有说，怎么以一对十击败敌人吗？"

大禹摇摇头。

"涂山没必要这么做，你也一样。"祝融望着南边连绵不绝的营火,"这场战事,凶多吉少。共工要夺的是帝位,涂山只要臣服,就能活下去。"

"涂山人不愿意再做被神庇护的弱者,更不想做共工的奴隶。"女娇扬眉。

"我想,天下人也是一样。"大禹说。

战斗在天亮后开始了。共工的大军沿着河谷列阵而进,撞上祝融和涂山的联军。

让祝融的战士们惊讶的是,这些凡人勇士跟他印象中软弱无力的人类毫不相同。他们在旗号和鼓声的指挥下,娴熟地使用手中的长矛、短剑、斧头、弓箭和盾牌,互相掩护和配合,战力之强悍,丝毫不下于祝融的军团。

共工的黑潮被堵在狭窄的山口,一时毫无办法。

"这是虞都最后的力量!"共工在怒吼,"把他们吃掉,从这里到幽州,就再也没有人能够阻挡我们的大军!整个中土都会在我们面前发抖,把所有的财宝都供奉到你们面前!"

"碾碎他们！"他的号令被疯狂奔驰的侍从们传递到整个军阵之中。

巫支祁指挥着飞行的怪兽，扑向山脊上的射台。一队队善于攀爬的妖兽，也冒着箭矢和乱石向上爬去。

倕在山上挥动着旗帜，指挥那些射手向敌人射击。但妖兽越来越多，山棱线上的弩机，一个接一个失守，倕带着射手们退了下来。

一直在战斗的联军，也越来越疲惫。高大神武的祝融军战士，一个人要面对三五个对手的攻击，力量消耗得越来越快，身上层叠的伤口也正在让他们高贵的神血流干。山口外的敌人，还在无穷无尽地涌上来。

阵列开始松动，后退，山口敞开了。终于打开缺口的共工大军倾泻而下，包围了这支孤军。

"我们尽力了。"祝融的巨斧已经满是缺口，铠甲上嵌着密密麻麻的断箭，不知道多少穿入了肌肉。

一个祝融军的首领搀扶着已经断了一条腿的丁庞。在刚才争夺山口的战斗中，丁庞掷出自己的长矛，把他从一群妖兽的撕扯下解救出来。

"你们是真正的勇士。"他对丁庞说。

丁庞笑了一下:"你们也是。"

大禹握着女娇的手:"被我带到了这个境地……你后悔吗?"

女娇笑着摇摇头:"涂山人宁死,也誓不为奴。"

"誓不为奴!"涂山的战士们吼道。

"你们愿意投降吗?"一个共工使者走了过来。

一支箭射穿了他的咽喉。

共工挥了挥手,命令他们的军队继续前进。如林的长矛和如山的盾牌,向着孤军压迫。

沉重的黑云也在四面降下来,只有天边还有一线光亮。

大禹看了一眼那即将消失的光线。可能这就是最后一次看到光了,他想。

但是一声遥远的号角穿越了整片战场,它微弱却清晰,让整个战阵都安静了下来。一瞬间,所有人停止了呐喊，兵器停止了碰撞。

在即将被黑云吞没的那一线天际的光明中，一面旗帜升了起来，黄色的旗帜上是一条盘旋的龙。

捧着旗帜的勇士站在一辆马车上，在他背后，更多的马车涌出了地平线。

然后，是一面黑色的旗，上面是一只腾飞的凤鸟。跟随在这面旗帜下的，是一排高大的战象。

"还好，我们来得还不晚。"契在战象上，对驾着马车的奚仲说。

"我们薛邑的人，从来不会迟到，更不会放弃朋友。"奚仲目不斜视。

"我们商族人也一样。"

"那我们就再信文命那家伙一次，去夺取我们凡人自己的命运吧！"

号角再次吹响，他们从北方倾泻而下。紧随在他们后面的是更多绘着图腾的旗帜。有亶氏、有邰氏、有仍氏、有鬲氏，费、莘、穷石、平阳……人类的援军，终于抵达了战场。

有穷氏有天下最善射的弓箭手，他们的箭矢准确地收割着敌人的生命。那些飞行的怪兽一个接一个被他们射成了刺猬，嚎叫着坠落。奔驰的马车和战象碾碎了一切敢于阻挡在面前的敌人。

共工军队开始退缩、崩溃，巫支祁被乱军踩踏而死。

黑衣的侍从抱着共工："败了败了，主上退吧。"

"共工族大半覆灭于此，我该走吗？"共工甩开了他们，现出巨人相，举起他的大钺。

祝融举起残缺的斧子，现出巨人相，拼尽全力挡开这一击。

共工怒吼着，再次挥出。旁边伸过来阻挡他的兵器，全部被砍断、击碎。

祝融想要举起巨斧，却发现双臂失去了力气。他大吼一声，合身撞了上去。于是两个巨神一起跌倒在尘土中。

共工反手挥起大钺，向祝融的后脑砍去。女娇一箭射来，射穿了共工的手掌，那一钺偏过一边，砍进了祝融的肩膀。

"杀共工！"祝融用尽最后的力气吼道，双手死死扣住共工的身躯。

大禹的腿也没有力气了，他拾起地上一把断剑，踉跄着扑了上去。共工怒视着他，想要拔出嵌在祝融肩膀上的武器。只要一挥，就能把这个矮小的人类砍成两截。

但是共工的大钺在祝融身上砍入太深，没能拔出来。他从祝融沉重的身下抽出了另一只手，想要挡住这个摇摇欲坠撞过来的人类，他觉得自己甚至能将他捏死在手里。

但是他慢了一点点。大禹扑了上来，将那把断剑插进了共工的喉咙。

共工的巨人相陡然消失，不知所终。

祝融喘息着："又给他跑了。"

他抬头看见从大泽招来的浩大洪水的潮头，慢慢地漫过群山。原来这才是共工化作神魂、耗尽神力的一击，不分敌我，同归于尽。

大浪滔天，比十年前相柳出征的那场更宏大。

大水从共工的败军身后涌来，将他们在那里彻底吞灭。中土联军都向高地奔涌，不少军队被冲散……但奇迹发生了，洪水漫过来，涌进那些开通的和未开通的空白河道里，百河相互勾连，竟然被消化了大半。

大水不再上涨，反而慢慢退却。

一个巨大的劫难就这样被消解了。

高地上堆积的联军和万民，才看到这十年大禹近乎疯狂的治水效用。满山遍野都在高呼称颂着"大禹"的名字。

半年后，大禹在涂山举行了会盟。他供奉五谷，祭祀了养育人的天地。

"共工基本平定，但是治水还没有完成。"大禹向天下四方的部落首领说道，"舜天子曾经跟我说，他担心我把天下人的力量聚集起来，会被贪婪之心所侵蚀，滥用你们的信任和力量，反过来掠夺你们。"

"天子的担心没有错。但是要治理天下的洪水，我们必须同心合力，请你们合万众之心为一心，集各部族之力为一人，把世间的水患清除干净。我们的子孙后代才能免于洪水之灾，免于颠覆流离之苦。"

"力量，能成就英雄；力量，也能让英雄成为凶兽。"

"倘若我背离仁德，利用你们的信任，为自己牟取私利，你们也将一起攻伐我。"

"倘若后世有人以天下为公的名义欺骗你们，即便是我的后代，你们也将一起攻伐他，为天下夺回应有的公平。"

众人轰然应诺。

盘在女娇肩上的应龙点点头，自言自语道："后世如何，自有天道。眼下我要先帮你完成治水。"

他们并肩走下了祭坛。

属于人的时代开始了。